左遷でしたら喜んで！

王宮魔術師の第二の人生は
のんびり、もふもふ、ときどきキノコ？

AUTHOR
みずうし
ILLUST.
はらけんし

Sasen deshitara Yorokonde!

主な登場人物
イフ
伝説の【白虎】。戦えば強いし、触るともふもふ。
ニコラ
幽霊屋敷の家精霊《ボガート》。家事全般が得意で世話焼き。
ノコ
キノコの妖精。弱い相手には強く出るが、強い相手にはへりくだる。
ラウラ
最強の王宮騎士《ロイヤルナイト》……だったのに、とある事情で左遷された。生活力皆無。
ドーマ
魔術学園の元首席魔術士。王宮に勤めていたが、上司に頭突きしたことで左遷されてしまう。

フォルグ
ドーマの元上司で、王宮の魔術師を束ねる幹部長。がめつい。
クラウス
10年前の大戦における英雄。とある事情で左遷され、辺境に住む。
サーシャ
帝国の皇女。なぜだかドーマに好意を持っているようで……？

プロローグ

近いうちにクビになるだろうという認識はあった。だが、まさかこんなに早いとは。

俺、ドーマは出勤すると、すぐにでっぷりと太った男――幹部長に呼び出された。

いつもは重役出勤なのに、こういう時だけ早いんだな……なんて思いながら幹部長室へ入る。

椅子にもたれながら、幹部長はこれ見よがしに、頭に巻かれた包帯を指差した。

「何故《なぜ》呼び出されたかわかるかね？　ドーマ君よ」

「……先日のことでしょうか」

「ふむ、流石《さすが》は首席魔術師、理解が早いねえ」

幹部長は持っている紙を丸めてパシパシと手に打ちつけながら、噛《か》み締《し》めるように頷《うなず》く。

その紙は、数日前に俺が提出したばかりの研究報告書だった。

幹部長が俺の研究を好きではないのは知っているが、丸められているのを見ると少しガックリくる。利益重視の研究ばかりさせて、合間を縫《ぬ》って地道に認《したた》めた報告書は読みもしないのだ。

「君は素晴らしい魔術師だ！　なんせこの王宮の首席魔術師なのだから。君という存在を失うことは非常に大きな損失なんだよ。わかるかね？」

クビか、と前置きを聞いて素直に思った。

幹部長が微塵《みじん》も思っていなそうな美辞麗句《びじれいく》を並べた後には、大体嫌な言葉が待っている。

俺は先日自分がしでかしたことを思い出し、内心溜息《ためいき》を吐く。

はあ、流石に上司に頭突きはまずかったかもしれない。それも手加減のない頭への一突き。

幹部長が何回目かわからない無理難題を押し付けてきて、さらに後輩に罵詈雑言《ばりぞうごん》を浴びせているのを見て、ついやっちまったのだ。

でも辺り一面を焼け野原にする魔術を放つのよりはマシだったはずだ。

俺にとっては大事な研究成果が灰になる方がよっぽど損失だからな。

……なんて内心で言い訳をしてみるが、「部下が上司に頭突きをする」ことが一般的に許されないのは確かだ。

紛《まぎ》れもない暴力行為だし、反省の余地がある。それどころかクビにされても不思議ではない。

はあ、明日からどうしよう……

すると幹部長は不気味に笑いながら、俺の肩をポンと叩く。

「ククク、喜べ。ドーマ君、君は左遷《させん》されることになった！」

「やはりクビですか……って、え？」

左遷？　クビじゃないのか？

いや、左遷だけで済むはずがない。きっと聞き間違いだろう。

「クビですよね？」

「は？　左遷だと言っているだろう！　王国辺境の地、ローデシナ村勤務だ！　どうだ！　嬉《うれ》しいだろう！」

なんてことだ。ローデシナ村といえば王都から遠く離れた辺境の中の辺境。他の都市からも程遠く、周囲を森に囲まれた村で、そこに住むと世間の流れにはついていけなくなる、陸の孤島みたいな場所だ。

そこに左遷されるということはつまり、王都での出世争いやエリートコースからの脱落を示す。

王宮魔術師《ロイヤルマジシャン》としては死んだも同然だ。

そんな……そんなことって……

「そんなことがあっても良いんですか!?」

俺は両手を突き上げ、歓声を上げた。

「ククク、泣き喚《わめ》いてももう遅……ん？」

幹部長はきょとんとしていた。

「貴様、まさか左遷がどういうことかわかっていないのか？」

それから心優しき幹部長は左遷についてこと細かに説明してくれた。

ローデシナには王都のような眩《まばゆ》く絢爛豪華《けんらんごうか》な生活も、出世の道も存在しないこと。

働いても働いても大金持ちにはなれないし、地位も名声も得られないこと。

ただ日々を無為《むい》に過ごし、出世争いとはかけ離れた平凡な日常を送るしかないこと。

だが、そんな説明を何度されたところで、俺の気持ちは晴れやかなままだ。

「むしろ良いんですか!?」

「むしろ良いんですかとはなんだ⁉」

つまり面倒な出世争いや金のための研究から逃れて、辺境でスローライフを送りつつ研究できるってことだろう？　ご褒美《ほうび》じゃないか。逆に何か裏があるのかと疑いたくなるほどだ。

「ククク、強がっても無駄だ。この決定はもう覆《くつがえ》らん。貴様は一生ローデシナ村で無様《ぶざま》な左遷王宮魔術師として飼い殺しにされるのだ！」

「そ、そうですか」

幹部長の言葉に、どんな反応をすればいいのかわからなかった。

クビだったら生きるために次の仕事を探さなければならないが、働き口がある上で田舎でののんびり暮らせと言われただけなのだから。

郊外にデカい家を買って、デカい犬と戯《たわむ》れて暮らすの、夢だったんだよな。

まさかこんなに早く叶うとは思わなかった。

「ククク、ドーマよ、最後に何か言いたいことはあるかね？」

一時は彼を恨《うら》んだ時もあった。なんて融通《ゆうずう》の利《き》かないおっさんなんだと。

しかし今回はわざわざ嫌な役を買って出てまで、俺を王宮魔術師という狭《せま》い檻《おり》の中から出してくれるなんて……感謝の気持ちで一杯だ。

「左遷でしたら喜んで！」

俺はそう感謝の気持ちを込めて言い、幹部長と握手を交わした。

1

王宮魔術師――それは王家直属のエリート魔術師集団である。

定員はわずか数十名にすぎず、そこに属するには膨大《ぼうだい》な知識と熟練した魔術操作が必要とされる。まさに魔術師界のトップオブトップ。魔術の心得がある者なら誰もが一度は憧《あこが》れる存在なのだ。

「なんて思っていたけど、実態は利益に目が眩《くら》んだ奴らばかりがいる、退屈な場所だったな」

かくいう俺も、王宮魔術師に憧れ、幼い頃から魔術に浸《ひた》り込んだ一人だった。

そして、ついには首席魔術師になったのだが、待っていたのは互いが互いを蹴《け》落とし合い、金儲《かねもう》けのために同じような実験を繰り返すばかりの単調で味のしない日々。

憧れと期待が詰まっていた建物も、五年を経《へ》ると、もはや嫌悪と失望でくすんで見える。

もうここに来なくて良いと考えると、一刻も早く離れたかった。

幹部長の話が終わると、同僚たちから一斉に「お前終わったな」だとか「せいぜい頑張れよ」と温かい励ましの言葉をもらった。

(ようやく辛い日々が)終わったな、(辺境でのんびりしながら)せいぜい頑張れよってことだろう。同僚の優しさに涙すら出そうだ。

そんなことを考えながら荷物をまとめて出口までやってくる。

すると、事務のエリーさんが書類を抱えながら声をかけてきた。

「あ、ドーマさんお出かけですか？」

「いえ、もう聞いていると思いますけど、左遷されたのでここを出ていくことになりました！」

「へ？」

俺がビシッと敬礼すると、エリーさんは抱えていた書類を落とし、表情をどんどん曇《くも》らせていく。

もしかして事務に話が通っていないのか？　困るのは現場だというのに……ってもう俺には関係のないことだよな。

「色々とお世話になりました。それではまた！」

風魔術で床に落ちた紙を集め、彼女の手元へ戻す。そして俺はルンルンとスキップで建物を出た。

「……えっ、待っ！　嘘でしょ⁉」

そんな声が後ろから聞こえてきた気がした。


ところで、ローデシナ村までの道のりは決して容易《たやす》いものではない。

そもそも名前ぐらいしか聞いたことがないので、場所をいまいち把握《はあく》していなかった。

あー、あのたまに話題になるやつね。で、どこだっけ？　みたいな感じだ。

情報屋曰く、王都から地方都市のグルーデンへ馬車で移動し、グルーデンから定期便の馬車に乗るのが一番早いらしい。

まぁ、すんなりいかないのも旅の醍醐《だいご》味《み》だ。

というわけで、早速グルーデンへ向かう。

もちろん魔術や魔導具で飛んでいけばあっという間に着くだろう。しかし、魔術を使えると知られれば何かと頼られてしまい、面倒だ。だから、目立たない方法で向かうことにしたのである。

とはいえ、数名の冒険者に護衛される高級馬車に乗ったため、快適な旅だ。王宮魔術師として仕事に忙殺されていた間に貯まったお金がたんまりあるのが、本当にありがたい。

俺はガタゴトと馬車の揺れに身を任せ、通り過ぎる景色をぼんやり眺《なが》める。

窓の外に広がる辺り一面の麦畑。

風を受けて波のように揺れる黄金《こがね》色。

地平線に沈む茜《あかね》色の夕焼け。

天高く吸い込まれそうな雲一つない青空。

そして、どこまでも続く馬車道。

そんなさりげない景色が、何よりも愛《いと》おしい。


それから、二週間くらいが過ぎた頃。

もうすぐグルーデンに到着するという辺りで、途端に外が騒がしくなった。

まあ、荒事《あらごと》が起こった時のための冒険者なので、彼らに任せておけばいいか、なんて思っていたら、馬車のすぐ外から下卑《げび》た声が聞こえてくる。

「へへへ、こりゃ当たりの馬車だぜ!」

窓からちらりと外を覗《のぞ》いてみると、どうやら十数人の盗賊《とうぞく》に囲まれているらしい。

せっかく美しい世界に浸っていたのに無粋《ぶすい》な奴らだ。

護衛はBランクの冒険者が五人。

Bランクは、なかなかのベテランだ。しかしこうも人数差があれば、荷が重かろう。

正面きってド派手に戦うつもりはないが、かといって冒険者に死なれるのも寝覚めが悪い。

俺はこっそり召喚魔術を使って岩ゴーレムを数体、適当に外に召喚する。

硬《かた》いだけのただのゴーレムだが、少しは役に立つだろう。

「う、うおっ！　なんだコイッ……」

少ししてゴシャっと何かが潰《つぶ》れる音がした。その後も何かが千切れる音や飛び散る音が聞こえてくる。

い、一体なんの音だろうなあ……

召喚自体が久しぶりすぎて、ここまで効果があるなんて予想できなかった。

少しして、戦いの音が止んだ。

冒険者の一人が馬車の中を覗き込み、ぐるっと見回してから俺に話しかけてくる。

「あ、あれはあんたが？」

一応俺だとバレないようにやったつもりだったのだが……

そう思い、俺もぐるっと周りを見回し、気付く。乗員に魔術師らしい奴がいないことに。

「えぇ!?　な、何かあったんですか!?」

少しわざとらしすぎただろうか。冒険者はじーーっと俺を見ると――

「ありが……いや、何でもない」

踵《きびす》を返し、馬車の入り口へ戻っていく。

足取りが不自然だったのでよく見ると、ふくらはぎの辺りに血が滲《にじ》んでいた。

「待ってください」

「ん？　何だ？」

「怪我《けが》人は何人いますか？」

「ああ、たったの三人だ。誰かさんのおかげでな」

ふむ、三人も怪我しているのか。冒険者たちにはこれからも護衛してもらわなければならないというのに。まったく、世話が焼ける。

「ではこれを」

「む、これは？」

俺は鞄から数枚の巻物を取り出し、冒険者の方へ放り投げる。

「治癒魔術のスクロールです。ランクは低いですがね」

「な!?　こんな高級品をわけてもらってもいいのか!?」

高級品だと？　馬鹿を言うな。

王宮で山ほど作ったありふれた品だし、その気になれば、数秒で生成できる。紙質だけはいいので高級品と見間違えたのだろう。

「こんな物でよければ、どうぞ」

「……恩に着る！　あんたの名を伺《うかが》っても？」

「ただの通りすがりの魔術師ですよ」

別に通りすがりではなかったが、ゴリ押しで誤魔化すことにした。『通りすがり』の方がかっこいいからな。

「……そうか。度重なる助けに感謝する」

そうして冒険者は馬車の外へ戻っていった。

しばらくして、ゆったりと馬車が動き出す。

もげた腕を治す程度の安物スクロールでも、効果はあったようだ。

その後、冒険者が俺のことを追及してくる様子はなかった。どうやら俺が大した魔術師じゃないと信じてくれたらしい。


そんないざこざがあり少し遅くなったものの、ようやくグルーデンへ到着した。

「凄腕魔術師さんよ、パーティに入る気はないか？」

スクロールを渡した冒険者が別れ際に、そんなことを言ってきた。

「遠慮《えんりょ》しておきます」

俺は内心嘆息《たんそく》しながらそう答えた。

いや、バレてたんかい。

馬車を降りると、湿った空気が頬を撫《な》でる。

知らない街の、知らない場所の匂い。

グルーデンは王都よりやや北に位置し、王国北部に広がる大森林に一番近い街だ。

街は比較的静かな雰囲気で、気温も低い。まだ夏だというのに初冬の王都くらい寒く、街行く人々はみな、毛皮のコートを着るなど温かそうな格好をしている。

また、カラフルな建物が立ち並ぶ王都とは異なり、無骨な石畳《いしだたみ》の道沿いに素朴《そぼく》な石造りの家が並んでいる。大森林が近いからか、木造の家が多いのもグルーデンの特徴だ。

それからぐるっと街を一周してみたが、街の中心部には石造りの家、外側には木造の家というように区画分けされている。

石造りの家もいいが、木造地区も温かみがある。俺の家は何製にしようかなと妄想がはかどる。

冬には王国三大祭の一つ、冬風祭が開催されるらしい。その時にはまたぜひ寄ってみたいものだ。


グルーデンの宿で一泊し、ローデシナ村行きの馬車を探す。

王都・グルーデン間の馬車はそこそこ需要があったが、ローデシナ村行きはそんなわけもない。

街の外には魔物が蔓延《はびこ》っているし、冒険者はローデシナ村に行っても旨みが少ないので護衛を引き受けたがらないのだ。商人とてそれは同じで、期待はできない。

自分で馬車を買うか、村への定期便を利用するしかないのが現状だ。

早速、馬車ギルドへ向かい、ローデシナ村行きの定期便がいつ来るのか聞いてみた。

「ああ、それなら三日前に出ちゃいましたね。次の便が来るのは一ヶ月後ですけど」

「嘘だろ……」

ギルドの受付の若い男の言葉に、俺は愕然《がくぜん》とする他なかった。

まぁ一ヶ月グルーデンで過ごしても良いんだけど……

予定を狂わされたことにもやもやする……むむ、困ったな。

とはいえ、ずっとギルドにいても仕方ないので、一旦宿まで戻る。

俺が昨日宿泊先として選んだのは、グルーデンの中心部にある『木漏《こも》れ亭《てい》』。

いいお値段がするのだが、中心部にあるにもかかわらず静かだし中々いい宿なので、金を惜しみなく使えるというものだ。

そんな木漏れ亭に帰ってくると、何やら受付の方が騒がしい。

どうやら女将と客が揉めているらしく、女将の困ったような声が聞こえてきた。

「なんだい、アンタ。本当に金がないのかい?」

「……ダメなの……ますか?」

覗いてみると、一人の少女の前で女将《おかみ》が困り果てた顔をして腕を組んでいる。

少女の方は、立派な剣を携帯しているものの、服装はシンプル。透明感のある薄い桜色の髪と瞳が特徴的で、露出の少ない健全な服装が、尚更小動物のような印象を強めている。

「ダメなのか? はあ? 何を言っているんだい! しらばっくれるなら衛兵に突き出すよ!」

「それはこまる……です」

どうやら少女は宿代を……というより金をまったく持っていないようだ。

少女とはいっても、彼女は成人年齢である十五歳には達しているように見える。親の保護からは脱しているはずだし、生活に困っているようにも見えない。そんなことあり得るか？

そこで俺は気付いた。

彼女が装備する剣の鞘《さや》に刻まれた鷲《わし》と麦の紋章《もんしょう》に。

あれは同業者だ。

「すみませんね女将さん、実は俺の連れなんです」

そう言って俺は間に割り込んだ。その流れで女将の手に金貨を滑《すべ》らせる。

「何だい、そうだったのかい。でも金貨は多すぎるよ？」

「まあまあ迷惑料ってことで」

今までとこれからの分を払ったのだという意思を視線に込めつつ笑顔で言うと、女将は理解してくれたようだ。

彼女は溜息を吐いてから俺と少女の顔を見比べると、目を細めた。

「面倒ごとは起こさないでくれよ」

「ええ、もちろんです」

どうやら穏便に和解できたようだな。穏やかな解決が一番だ。頭突きをするなど言語道断である。

「どうもありがとうです」

少女は俺にペコリと頭を下げた。そのタイミングで彼女の腹の虫がグーーーーと元気に鳴いた。

きょとん、と少女は首を傾げる。

「……えっと、じゃあ女将さん、ご飯を頼んでも？」

「あんたも大変だねえ」

よくわからないけど大変なんです。


「おいしい」

もぐもぐと無心にご飯を食べ始めて……一時間。ようやく彼女は口を開いた。

「そうですか」

俺は力なく言う。

少女は、六人前ぐらいあるご飯を完食していた。よっぽど宿の料理が美味《おい》しかったらしい。

もちろんお代は俺持ちである。まあ、この程度の金額なら懐《ふところ》はほぼ痛まないので問題はない。

最後の一口まで綺麗《きれい》に食べると、彼女はようやく満足したようで、フォークを置いた。

「口元に食べかすが付いていますよ」

「……？」

俺が指摘《してき》しても、彼女はただじーっと不思議そうにこちらを見つめるだけだ。

どういうことだよ。もしかして俺がやれってことか？

俺は仕方なく、風と水の混合魔術で彼女の口を拭《ぬぐ》う。

彼女にはまったくのノータッチ。これぞ完成された紳士の魔術。かつて研究した甲斐《かい》があったな。

後輩には才能の無駄遣いと言われたけど。

「で、君は何でお金を持っていなかったんですか？」

「ラウラ」

「ん？」

「なまえです」

「そうですか。俺はドーマです」

コクッとラウラは頷く。

どうも話が噛《か》み合っていない気がするんだが、まあゆっくりやろう。

「お金がいるとは思わなかった……ます」

「お金が？」

「今まではいらなかったです」

そんなわけないだろ！　とツッコみたいところだが、その訳を俺は何となく察していた。

彼女の剣鞘に刻まれている紋章。王都にいた時代、周りの人はほとんどアレを付けていた。確か貴族や王宮仕《づか》えが付ける紋章だったはずだ。俺の手袋についている印と少し違うから、彼女が王宮魔術師でないことはわかるのだが……この紋章はどんな身分を示すものだっただろうか。

ともあれ、王宮にいる人間は世間知らずばっかりである。そう考えると彼女の浮世離《うきよばな》れした言動には多少なりとも説明がつく。ワケを知らなければただのやべぇヤツだけどな。

「ラウラさんは王都から来たんですか？」

面倒なので直接聞いてみた。ラウラはその質問に大きな反応を見せることなく、ジーッと再び俺の目を見つめている。

くっ、ずっと引きこもり魔術師生活だったので照れるぜ。

「そう。でも左遷されたます」

「左遷?」

詳しい話を聞いてみると、彼女も左遷されてローデシナ村へ向かう最中らしい……俺と同じじゃないか!

だが、もちろん目の前のか弱そうな少女が上司に頭突きをしたわけではないだろう。きっと別の理由があるはずだ。

彼女の魔力を観察すると、とても穏やかで……うん?

そこで俺は、彼女の魔力がある一点で詰まっていることに気付く。何かしこりのようなものが、魔力の循環《じゅんかん》を遮《さえぎ》っているのだ。しかしこれは病気ではない。恐らく呪《のろ》いの一種だろう。

まあ王都にいれば妬《ねた》まれたり、恨まれたりすることもある。ぼーっとしている彼女なら気付かぬうちに呪いを受けていても不思議ではない。

幸い、術者の練度が低いのか、大した呪いではないのでデコピンする感覚で吹っ飛ばす。

すると彼女の魔力は、ゾワッとするほど増幅した。詰まっていた魔力は宿の天井まで伸びあがり、ゆらゆらと揺れているように俺の目に映った。

なるほど、これが本来の彼女の魔力か。魔力量だけで言えば俺を余裕で上回っている。

質は俺の方が高いが、こりゃあ羨ましい。

「今まで何か体に異変を感じることはありましたか？」

「あったです。体がぐらぐらしたました。でも今は平気。です」

ラウラは不思議そうに目をパチクリさせながら手のひらを眺めている。実際、あれだけの魔力が堰《せ》き止められていたのだとしたら、体の機能が下がっていて体調が悪くなってもおかしくない。

もしやこの呪いが理由で左遷されたのか？　だったら相当きな臭いが——まあ、俺には関係ない話だよな！　というか、王都のゴタゴタした面倒ごとになんて巻き込まれたくないし。

「まあ、それなら良かったですよ。では、これで」

何やら嫌な予感がしたので、俺はラウラに当面のお金を渡すと、早々と宿を後にする。

さて、馬車ギルドは外れだった。では今度は冒険者ギルドへ行ってみよう。

☆

冒険者協同組合、通称冒険者ギルド。そこは、入会した冒険者への任務の斡旋《あっせん》や素材の取引を行う相互扶助組織だ。

そんな冒険者ギルドの二階に位置するギルド長専用の書斎にて。

浮かない表情をするギルド長の女、ラーネシア・ラウネは大きな溜息を吐く。

その様子を見て、側にいる男が冷や汗を浮かべながら手もみする。

「まあまあ、そう落ち込まないでください。へへっ。今回はたまたま上手くいかなかっただけのこと」

「へえ。そうなんですね」

ラウネが男に送る視線は冷たい。

グルーデン一番の、いやこの国一番の解呪師《かいじゅし》だというからこの男に依頼したのに、とある呪いの前に手も足も出なかった。にもかかわらず、料金はこうして徴収《ちょうしゅう》しに来るのだ。

思わずラウネは言う。

「本当にあなた、解呪師なんですか?」

「な、な、なにを馬鹿なことを！　天下一の解呪師こと、このロールマンを、愚弄《ぐろう》するのですか!?」

（誰よ。知らないわよ）

ラウネは心中で見切りをつけながらも、にっこり笑みを浮かべる。

彼女にとっては完全な愛想笑いだが、周りから見ると天使の微笑みのように見えるらしい。

「し、しかしアレは相手が悪かったですな。王宮騎士《ロイヤルナイト》であるラウネ様の妹君――ラウラ様が呪いを受けてしまわれるだなんて」

「あら、知っていたのですか?」

ラウネは得体の知れない男にむざむざ妹の素性《すじょう》を話すなんて迂闊《うかつ》な真似はしていない。

だがそこを見抜いている辺り、彼が一流の解呪師であることは確かだった。

「もちろんですとも。あの鞘に付いていた鷲と麦の紋章、アレはこの国のトップ、王宮に仕える者しか付けることを許されないものですからな」

王宮騎士――王族の剣。この国が誇る最強の精鋭《せいえい》部隊。

そんな王宮騎士でありながら簡単に呪いを受け、しかも呪いを受けたことにすら気付いていない妹を思い、ラウネは心配を通り越して、もはや呆れすら感じていた。

「呪いは相手の実力が高ければ高いほど、かけるのが難しいのです。解呪するのもまた然《しか》りですな」

「つまり今回はそのせいで難度が格段に高かったから失敗しただけだ、と」

「ええ、それこそ魔術師のエリートこと王宮魔術師が数名集まって数日連続で解呪を施して、やっと成功するレベルかと。なんせこの私が失敗したのですからな！」

何故誇《ほこ》らしげなんだと思いつつも、ラウネはスルーする。

それよりも、結局振り出しに戻ったことに彼女は頭を悩ませていた。

「誰か解呪できる人間はいないのでしょうか」

「グルーデンにはまずいないでしょうな」

数秒の沈黙の後、ラウネはあることを思い出し、呟《つぶや》く。

「そういえば昨日、魔術師について報告がありましたね……」

それは高級馬車の護衛任務に当たっていたBランク冒険者パーティ『銀翼《ぎんよく》の旅人《たびびと》』から受けた報告だった。

曰く『通りすがりの凄腕魔術師に何度も助けられた』と。

『銀翼の旅人』といえば、ここら一帯でもかなり名前の知れたベテランチームだ。そんな彼らがここまで評価するということは、そこらのはぐれ魔術師ではないのだろう。

その魔術師は十体ものゴーレムを召喚し、高価な治癒スクロールを分け与えたらしい。

ゴーレム召喚は比較的簡単な魔術だが、十体同時に召喚するなんて聞いたことがない。

それに治癒スクロールは、大変高価。治癒魔術を使い熟《こな》すためにはかなりの練度を必要とするし、ポーションは嵩張《かさば》る上に一度に使える量に上限があるからだ。

ラウネは懐から『銀翼の旅人』に譲ってもらったスクロールを取り出す。

そこには治癒魔術が簡略化された高度な術式が描かれている。一般人が見れば落書きだと断じてしまうだろう。しかし見る者が見れば、それは実に合理的で芸術的な美しささえ感じられる代物《しろもの》である。

それを安易に与えるとは、とても只者《ただもの》だとは思えない。

ラウネはそんな姿も知らぬ彼の話をロールマンにする。その上で試しに提案してみる。

「その通りすがりの魔術師なら、解呪法を知っていませんかね？」

すると、ロールマンはフッと鼻で笑った。

「まさかそんな話を信じておられるので？　通りすがりの魔術師がゴーレム？　スクロール？　ははは、それが本当だったら裸《はだか》で街を一周してやりますよ！」

「普通に考えればそうですよね」

普通に考えれば。Bランクパーティが話を盛っている、あるいはデタラメを話しているとしか思えないだろう。

だがラウネは、それがただの噂《うわさ》には思えなかった。

確かにそんな芸当は生半可《なまはんか》な魔術師では行えない。

しかし、この世には奇跡をいとも容易く起こす化け物もいる。

大杖を背負った男。そして信じられないような魔術。

『銀翼の旅人』から聞いた魔術師の特徴は、ラウネにとある人物を思い起こさせる。

それはラウネの魔術師としてのプライドをへし折った、魔術学園時代に出会った化け物――

「ドーマ先輩……」

しかし、ラウネは「そんなまさか」と自分の考えを笑うのだった。

2

護衛付きの馬車は大体馬車ギルドにて借りられるが、ごく稀《まれ》に冒険者ギルドでも依頼人を募集している。

だから、その一縷《いちる》の望みにかけてギルドまで足を運んだ。

ちなみに俺、ドーマも昔に一度冒険者登録をしたことがあった。結局、魔術師としての勉強が忙しくてDランク程度で辞めてしまったけど。

冒険者ギルドのグルーデン支部に着くと、既にそこは多くの冒険者たちで賑《にぎ》わっていた。

北にある定刻には獣人が多く住む。この街は帝国に近いので国民の中で獣人が占める割合が高く、辺境の地で魔物と戦う機会もそこそこあり、王都よりは冒険者のレベルも高い。

中に入ると俺は値踏みするような好奇の目に晒《さら》された。

冒険者の中には剣士などのジョブが存在する。

その中でも基本的に、冒険者の魔術師ジョブに対する評価は低い。

冒険者が使うようなレベルの魔術だったら、走って殴った方が強くて早いからである。

ちなみに、世間一般の評価もそれと大差ない。

そんなことを気にしても仕方ないので、俺は素知らぬ顔で受付へ向かう。

治安の悪い街なら足でも引っ掛けられるところだが、グルーデンは穏やかな街なので受付へストレートインだ。

「すみません、ローデシナ行きの護衛依頼を探しているんですが」

俺の言葉に、受付嬢《うけつけじょう》の猫耳がぴょこんと反応した。

獣人のギルド職員は他の街にはあまりいないから、これもグルーデンならではと言える。

受付嬢は俺の大杖を見て少し眉《まゆ》を顰《ひそ》めるが、それをすぐに引っ込めて応対してくれる。

「にゃ？　ローデシナ行きですかにゃ？　はてさて、そんなもの……」

ペラペラと手元の紙束を捲《めく》り、少しして手を止めた。

「ありましたにゃ。ちょうど今日募集を始めたばかり！　あなた運がいいですにゃ！」

「本当ですか⁉」

辺境行きの依頼なんて滅多にないはずだが、偶然、商人の護衛依頼が今日出されたらしい。

不人気なのでしばらくは余っていただろうが、ラッキーであることは確かだ。

受付嬢は言う。

「では冒険者プレートを見せて頂いてもよろしいですかにゃ？」

「ええどうぞ」

冒険者プレート。身分証として使う人も多いそれは、冒険者にとってまさに必須のものだ。

でも、俺が最後に冒険者として活動したのって何年前だっけ。

確か八歳の頃とかだし……プレートは随分《ずいぶん》と傷《いた》んでいるな。

「にゃにゃ、これは……」

プレートを受け取ると受付嬢は目を見開いた。

なんだ？　普通の冒険者プレートだと思うんだが。

「……期限が切れてるにゃ」

「へ？」

何だそれは。確かに十年前のものではあるが、プレートに期限切れとかあるの？

「これは二世代前のプレートにゃ。プレートとギルド規則は五年に一度、更新があるにゃ。更新しないと……もれなく失効だにゃ」

な、なんだって？

「つまり俺は依頼を受けられないってことですか？」

「そうにゃ。身元保証人がいれば更新できるにゃ……」

身元保証人？　つまりは知り合いってことか。知らない言葉ですね。

今まで俺は魔術師生活にどっぷりだったので、当然冒険者の知り合いなどいない。なんなら冒険者でない知り合いだっていない……零《こぼ》れ落ちる涙。

「いませんね」

「じゃあめでたく初めのFランクからにゃ」

なんて融通が利かないんだ！　と思いたくなるが、俺も公務員だったので規則がどうにもならないことは知っている。こうなってしまえば仕方ない。

受付嬢はにゃんにゃん言って受付テーブルに貼ってある紙を指し示す。

『登録料：金貨一枚』

意外と高い。あの『木漏れ亭』でも十泊ぐらいできる価格だ。

冒険者ギルド、意外とあくどいぜ。

とはいえ、ここで文句を言っても仕方ないので、必要事項を記入して金貨を渡す。

「元Dランクとはいえ、新人はもれなく講習を受ける必要があるのにゃ。それが終われば晴れて、依頼を受けられるにゃ。面倒だけど頑張るにゃ！」

「ありがとうございます」

受付嬢は親指を立ててウインクする。

講習は数分で終わる程度のものらしい。どうせなら、頑張るとしよう。

それから俺は、ギルドの奥まった部屋へ案内される。

扉の上には「冒険者ギルド　魔術部」の文字。何故だか昔通っていた魔術学園を思い出した。

「すみません、講習を受けるよう言われたんですが」

そう口にしながら扉を開けると、そこはこぢんまりとした部屋だった。

中では男が一人、黙って机の方へ向かっている。

机の上は散らかり放題で髪《かみ》はボサボサ、身だしなみなんて気にしない、というまさに魔術師のテンプレートみたいな男だ。

「一体何故この魔法陣は成り立っているんだ？」

そんなことを呟きながら彼は机の上にある紙を眺めている。

俺に気が付いていないようなので、こっそり後ろから覗くと、それは一枚のスクロールだった……っていうか俺が昨日、冒険者にあげた治癒スクロールじゃねぇか。何故彼が持っているんだ。

転売とかだったら嫌だなあ。

俺は声をかける。

「あのー」

「うわっ！　なんだね君は！」

「あ、講習を受けに来た新人です」

「ああ新人講習ね。私は魔術部長のロダーだ」

眼鏡をかけた三十代ぐらいの男、ロダーさんはズレた眼鏡を直しながら俺を見ると、人の好《よ》さそうな笑みを浮かべた。俺は彼と握手《あくしゅ》を交わして名乗る。

「ふむ、ドーマ君か。いい名前だ。昨今は魔術師希望が少ないから嬉しいね」

隣の『剣士部』はこの部屋の倍ぐらいありそうだったし、魔術師は相当過疎《かそ》っているのだろう。

『部』という名を冠《かん》しているのに、部屋に一人しかいないし。

「ところで講習って何をするんですか？」

俺が聞くと、ロダーさんは苦笑いを浮かべる。

「実は講習と名前が付いているものの、やることは少し話をして、それから適性を見るだけなんだ」

そう言ってロダーさんは戸棚から一冊の本を出して、俺に手渡してくる。

本の名前は『魔術基礎』。本当に基礎中の基礎の魔術教本だ。

一歳ぐらいの時に読んだなあ。

「お、読んだことあるといった顔だね。最近は基礎を飛ばす魔術師も多いから……」

「基礎を飛ばすとロクなことにならないですからね」

「そうなんだよ」

「わかってるね」と呟きながら、ロダーさんは「じゃあこれはどうだい？」と他の本を俺に手渡してくる。

そちらは『召喚魔術入門』。さっきのとあまり変わらない、基礎の基礎について書かれた本だ。これは三歳ぐらいで読んだ。

「む、これも読んだのかい。やるね！　じゃあ待てよ……流石にこれは読んでないだろう！」

次は『複層式連立魔法陣《ふくそうしきれんりつまほうじん》による混合魔術解析《こんごうまじゅつかいせき》』。

どこかで聞いたことがあると思ったら、俺が六年前に書いた論文だった。

あまり反響《はんきょう》がなかったのだが、まさかこんなところで目にするとは。

思わず呆《ほう》けてしまった俺に、ロダーさんは言う。

「少し意地悪すぎたかな。これは私が好きな王宮魔術師の方が書いたものでね。私は最新の研究をいつも追っているからこうして薦《すす》めたが、世間では複雑すぎてあまり理解されていないんだ。きっとこれを書いたのは、思慮《しりょ》深く、魔術に精通した渋《しぶ》い老紳士に違いないね」

……まさかロダーさんも、後に上司に頭突きをぶちかます十二の若造がこれを書いたとは夢にも思わないだろう。知らない方が幸せなことってあるよね。

「ああ、すまない。また自分の世界に入ってしまったようだ」

「い、いえいえ。きっとその魔術師の人も嬉しいですよ」

目の前でストレートに言われると照れるな。

「そうだね。ああ、こんな話をしていたら私も研究がしたくなった。君の知識なら講習はいらないだろう。そうだな……あとは、まあ得意な魔法陣でも描いてもらおうかな」

そう言うとロダーさんは俺に紙とペンを手渡し、「できたら置いておいてくれ。また後日呼ぶよ」と残してまた机に向かってしまった。

講習とは……って感じだったが、愉快な人だったので有意義な時間ではあったな。

さて、得意な魔法陣か。そんなものはない。

しかし白紙で出すのも悪いので、適当にさっと治癒魔法陣を描いておいた。

ロダーさんがずっと向き合っていたのが俺の描いた治癒魔法陣だったのを思い出したのだ。

きっと彼は治癒魔法陣が好きなのだろう。好きなものを提出されて嫌がる魔術師はそういない。

魔術師は魔法陣に関してフェチを持っていることが多く、そこに刺さるような提出物にしたわけだ。媚《こ》びって大事だ。

ちなみに俺は、魔法陣にミスが生じていた際に、魔術爆発が起こる寸前の発光フェチである……どうでもいいな。

魔術部を出て受付嬢の方へ戻ると、彼女はすでに依頼を確保してくれていた。

「お疲れ様だにゃ」

そう言いながら受付嬢は依頼書と一緒に、一杯の白湯を出してくれた。

「……美味しい」

俺は思わず呟く。

そういえば、今までは頑張っても「お疲れ様」なんて言ってくれる人なんていなかった。

殺伐《さつばつ》とした魔術師生活を思い出して、ついほろりと涙が出てきそうになる。

どうやら思っていたより心が消耗《しょうもう》していたらしい。

「出発は三日後なので、それまでに準備を済ませておくにゃ」

受付嬢はそう言って奥に引っ込んでいった。

俺はギルドを後にする。


それから適当にグルーデンの街をぶらついていたのだが、割と疲れていたことに気付く。

疲れを癒《いや》しに木漏れ亭へ戻ってくると、宿に入るなり女将に呼び止められる。

「ちょいとアンタ」

「ん？　何ですか？」

「何ですかじゃないよ。ほらあの子、今日ずっとここにいるんだよ」

「え？」

見てみると、大食漢《たいしょくかん》ことラウラが食堂でひっそり座っている。

まさか今日、ずっとあそこに座っているのか？

女将さんは俺の心を読んだかのように頷く。

「寝ているのかと思って近付くと、ぼーっとどこかを見てんだよ。気味が悪いからどうにかしておくれ」

そんなことを言われても……と思いながらも俺はラウラに近付く。

「ラウラさん？」

「ん、なに……です？」

寝ているかと思ったがやはり起きていたようだ。

「何をしていたんですか？」

「木目《もくめ》」

「え？」

「木目を数えてたました」

俺は絶句する。

怖いわ！　食堂の壁にある木目をひたすら数えるってなんの拷問《ごうもん》？

「落ち着くです」

「そ、そうですか。ところで今からイイトコに行こうと思うんですが、ラウラさんもどうです？」

「……どこ？」

「ふふふ、それは――」

☆

「ラ、ラウネさん！　これを見てください！」

ギルドの仕事を終わらせたラウネが帰宅の準備をしていると、ボサボサの髪をした男――ロダーが眼鏡をずり下ろしながら、バタバタと書斎に駆け込んできた。

ロダーは、ギルド長のラウネがまだ帰っていないことに胸を撫で下ろす。

「ああ、良かった。ギルド長の反応が明日まで待ち切れませんでしたからね」

「あら、それはどういうことですか?」

そう問うラウネは、ロダーのことを割と信用している。

魔術にしか興味がないため裏表がなく、持ってくる情報も有益なものが多いためだ。

それもそのはずで、ロダーの胸元には国家魔術師だということを表すバッジが光っている。

国家魔術師は、三つある魔術師資格の一つだ。

魔術師資格は、取得が難しい順に並べると王宮魔術師、国家魔術師、そしてただの魔術師資格となる。一番下の魔術師資格を持っている人間は少なくないが、それより一つ上の国家魔術師になると難度がぐんと跳ね上がるのだ。

ロダーはグルーデンで唯一の国家魔術師。魔術学園で首席になれるほどの才能を持っている。

そんな彼が持ち出してきたのは、一枚の紙だった。

「これを見てください。とある新人の描いた魔法陣なんですが」

「へえ、魔術師を志す者が現れるだなんて珍しいですね」

(魔法陣が描けるということは、大方学園出身者か金持ち、または貴族家出身でしょう……)

ラウネはそう推理する。

エリート志向の強い魔術師が冒険者になることはそうない。そんな中でも魔術師を志すような人間は落ちこぼれていることが多いので、ラウネは期待値を下げる。

ロダーが差し出してきた、一見すると荒っぽく完成度の低い魔法陣。

それを少し眺めて、ラウネは言う。

「どうやら治癒魔法陣のようですね？」

「ええ、構成もグチャグチャで線も雑、一見すると最低レベルの魔法陣です」

一見すると――という言葉は、本質はそうではないということとイコールである。

ラウネは再度真剣にじーっと魔法陣を見つめ、ハッと顔を上げた。

「これはあのスクロールの魔法陣と――」

「ええ、そうです。かなり似ている」

そう言ってロダーは胸ポケットから、かのスクロールを取り出し、魔法陣に重ねた。

すると二つの魔法陣はお互いを補完するように、綺麗に結びつく。

「粗雑な魔法陣に見えたのは片方だったたから。このスクロールを見ることで先ほどの魔法陣の意図が分かるようになっているんですよ」

ラウネは生唾《なまつば》を呑み込み、口を開く。

「これを描いたのは誰です？」

「新人の……名前はなんだっけな。背中に大杖を背負っていたことは覚えているんですが……」

「大杖ですか」

大杖。「通りすがりの魔術師」の特徴とも一致する。もちろん大杖を持っている魔術師は他にもいるが、二つの魔法陣が、十中八九同一人物だと告げていた。

そこで、唸《うな》っていたロダーが顔を上げる。

「ああ、思い出しました！　確かドーマ君と言ったかな」

「ほ、本当ですか⁉」

思わずラウネはガタッと身を乗り出し、ロダーはその勢いに若干体を引く。

「え、ええ」

しかし今のラウネにとってロダーの反応など、些末《さまつ》なこと。

ラウネは記憶の中のドーマの顔を思い浮かべる。

（彼が圧倒的な太陽のような存在だとすれば、私は月どころか井戸の中の蛙《かわず》でしかなかった。『天才』とはコレを言うのかと思い知らされ、私の中の全てが砕《くだ》かれた。数多《あまた》の生徒を退学に追いやった彼と魔術学園で会ってから六年。まだ私のことを覚えているのだろうか……）

ラウネは無意識のうちに畏《おそ》れと希望を抱かずにはいられなかった。

☆

さて、俺、ドーマがラウラとやってきたのは、グルーデンで最高の浴場施設と名高い『白天《はくてん》の湯《ゆ》』だ。街の北部、やや小高い丘の上にあるそこは、『白天』の名の通り、やや霧《きり》がかっていて幻想的な雰囲気を醸《かも》し出している。

白い大理石の建物に入ると、広いロビーが待ち受ける。

広いのはロビーだけではない。大浴場の他に家族風呂なんてのもあるので、中はかなり広くなっている。王都のどの風呂場よりも豪華なのだ。

今回利用するのはもちろん個人風呂。どうせなら人気《ひとけ》のない方がいい。

ああ、金と時間に余裕があるってのは良いことだ……

「ようこそ『白天の湯』へ！　家族風呂のご利用ですか？」

そう尋ねてきた受付のお姉さんに対して、俺は人差し指と中指を立ててみせる。

「ええ、二部屋お願いします」

「二部屋、ですか？　失礼ですが彼女様は……」

「いえ、ただの知り合いなので」

眼力で訴えると、受付のお姉さんは何かを察したようだった。

ラウラはちんまりしているが、一見クールな美少女だ。俺としては妹とかで通すつもりだったが、似ていないので恋人のように思われたのだろう。

ラウラに『心外だ』とか思われていたら俺が死ぬので、そういう勘違いはやめてほしい。

そんなことを考えていると、ラウラがとんでもないことを言い出す。

「一緒がいい」

「は？」

奇天烈《きてれつ》な一言に思わず振り向くと、きょとーんとした顔のラウラと目が合う。

澄《す》んだ純《じゅん》なる瞳。眩《まぶ》しい。

……だからと言って、全てが許されるわけではない。

俺は溜息を吐く。

「あのですね。ラウラさん。あなたは立派な女性です。軽々しくそんな発言をしてはいけません。いいですか？　俺は違いますが、世の中の男は狼《おおかみ》なんですよ。隙《すき》を見せてはいけません」

「？」

わ、わかっているのだろうか……？　ぽかーんとしてらっしゃる。

彼女は口を開く。

「お風呂、どうやって入ればいいの？」

俺は混乱する思考をどうにかまとめようとする。

なるほど、そういう可能性もあるのか？　風呂に入る方法がわからないという可能性。確かに一人では心細いだろう。って、いやいやそんなわけ——と、ここで、ごく当たり前かのようにお金を持っていなかったラウラを思い出す。そんなわけあったわ。

はあ。こんな時に頼れる知り合いがいないのが恨めしい。

「いいでしょう。ただし良からぬ誤解を生みたくないのでこれを付けてください」

そう言って鞄から一つの指輪を取り出して渡す。

不可視の指輪《インビジブルリング》。

指輪を装備した人を周囲から見えなくする魔導具——と聞くと、凄《すさ》まじい一品のように聞こえるが、透明化するのではなく、単に体を霧で覆《おお》い、物理的に見えなくするだけのゴリ押し魔導具である。

これを使うと、体は見えないが、霧の集合体がてこてこ歩く不思議な絵面が誕生する。

『魔術師たるもの紳士であれ』。

これは俺の尊敬する魔術師が残したありがたい名言だ。まったくその通りである。

「すごい」

ラウラは不可視の指輪《インビジブルリング》を付けたり外したりしてキャッキャと楽しんでいる。

……もう何でもいいな。


受付を済ませてそのまま家族風呂の方へ向かうと、大きくはないが小さくもない、つまり肉体的接触を避けられそうな素晴らしい広さの風呂が設置されていた。

風呂に入りながらワインを飲み、高台からグルーデンの街並みを見渡したらさぞ素敵だろう。

まぁ、公共の施設でワインは飲めないけどな。

「綺麗」

隣で霧の集合体が喋った。なにこれ怖い。

モヤモヤした霧がひとりでに動いて喋る姿はまさに怪奇現象だ。ラウラからも見えないように、俺も同じ指輪を付けているので霧が二つ。

心がまったく休まらないぜ。

もしかして服を一人で脱げないのかと危惧《きぐ》していたが、そこまでではないらしい。

するするっと衣擦《きぬず》れの音が聞こえる。教育に悪い音である。

「これ、どこに置けばいいの？　ます」

「そこにカゴがあるでしょう」

「ほんとだ」

まったく！　あの子ったら！　なんて母親のような気持ちになる。

その後も小さな段差で躓《つまず》いたり、水で足を滑らせたり、低い天井に頭をぶつけたり、よく見てないと知らない間に死んでいそうな恐怖があった。

今までは全て誰かが注意を払ってくれていたようだ。甘やかされすぎじゃないか？

そんなラウラが温泉に入ると、ちゃぽんという水音とともに波紋《はもん》が広がる。

霧の姿ではあるが、体温は感じる。

ええい、これは修行《しゅぎょう》だ。そう、邪《よこしま》な気持ちにならぬための！

なんて気合を入れたのに、ラウラは速攻でのぼせ、「外にいるます」と謎《なぞ》の言葉を残して風呂を出ていった。嵐のようだったが、一人の時間が欲しかったのでちょうどいい。

「はあ……」

再び静かに湯船に入る。ひんやりとしたグルーデンの夜から、一気に温泉の熱に包み込まれた。

水面に目をやると、ゆらゆらと小さな波が続いてそこに映る美しい夜空を揺らしている。

全身から力が抜け、体の芯が温められていくのがわかる。

自然に漏れた、白い溜息が夜に溶けていく。

ああ、ローデシナに家を買ったら絶対に温泉を付けよう……

しばらくぼんやり夜景を見ながら時間を過ごし、だいぶまったりできたので風呂から上がる。

「ふー、いい湯だったな」

ラウラが忘れていったタオルを無事回収して風呂を出て、その持ち主を探す。

気分はすっかり保護者。そしてなんとなくではあるが段々彼女の動きを把握できてきた。

きっと浴場施設を出て、外で涼んでいるに違いない。

理由？　勘だ。魔術師たるもの勘を大事にしなければな。

彼女はやはり建物の外で、一人で椅子に座って空を見上げていた。

浴場施設の外は噴水付きの小さな広場になっていて、多くの人が行き交《か》っている。

彼女の手には何故か揚げ肉が刺さった串が握られている。

「それ、どうしたんですか？」

「おんなのひとからもらったです」

「知らない人からモノをもらっちゃいけないって言ったでしょ！」

まったくもう！　この子ったら！

母親のような……以下略。

「ああ、髪もしっかり拭《ふ》きなさい。びちょびちょじゃないですか」

せっかく綺麗な髪をしているのに勿体《もったい》ない。

きっと彼女の周りも死ぬ気でこの髪質を維持していたのだろう。知らない誰かの努力に乾杯。

タオルでゴシゴシ水気を取ると、そのまま風魔術を使って髪を乾かしていく。ロビーから櫛《くし》を借りて梳《す》いてみると、鴇色《ときいろ》の髪はぼんやりとした灯りを反射して、透き通るように煌《きら》めく。

ふんわりと甘い香りが鼻をくすぐった。

「ところで何をしていたんですか？」

俺の言葉にラウラが答える。

「人間観察です」

「人間観察？」

そりゃまた高尚《こうしょう》な遊びをやっているねえ。

一見ぼーっとしている彼女は、言われてみれば辺りを行き交う人々を観察しているようにも見える。

「おねえちゃんがひとのことをよくみなさいっていってたから……ます」

多分、彼女の姉が言いたいのはそういうことじゃないような気もするが……

というか、ずっと気になってたんだが、彼女の適当な敬語がもどかしい。

俺は言う。

「敬語やめようか。俺もやめる。多分同年代ぐらいだろ？」

「うん。わかったです」

わかったのかわかっていないのかはわからないが、ひとまず頷いてはくれた。

俺は話題を戻す。

「で、人間観察して何かわかったか？」

「ん。動いてる」

当たり前だよ！　なんだその感想は。

どうやら彼女は、ただ人の動きをぼーっと見ていただけのようだ。

やれやれ、このままだと永遠にここに座っていそうなので助け舟でも出すとするか。

「一緒に見ていいか？」

無言。それを肯定と受け取って俺は隣に座る。図々《ずうずう》しさには定評があるのだ。

しばらく人の波を眺めていると、話題の種になりそうなものを発見した。

「あの男、今から盗《ぬす》みをするぞ。噴水に魔術を放って気を引いてな」

「うん？」

ある男を指さすと、ラウラは不思議そうな声を上げた。

すると次の瞬間、噴水の水が破裂《はれつ》して大きな音がする。

その音に群衆《ぐんしゅう》の意識が向いた隙をついて、男は目の前の女性の鞄から財布を抜き取った。

女性にまったく気付かれることなく、男はそのまま集団に紛れ、消えていく。

「なんでわかったの？」

俺はラウラの問いに答える。

「魔力の流れを読んだんだ」

人の感情は魔力に現れる。特に怒りを感じた時や邪な感情を抱いた時は尚更わかりやすい。今だってそうだ。盗みを働くという邪悪な感情に魔力の流れが歪《ゆが》んで、次の行動が予測できたのである。

　まあ、ラウラは意味不明な魔力をしているから、掴《つか》み切れないのだが。

「……参考にならない」

「まあ、だろうな」

　正直だ。だが重要なのは方法じゃなくて、人の気持ちをわかろうとする過程だ。

　それについてはラウラも何となくわかってくれたようだった……そう信じたい。

「さて、じゃあさっきの男をとっちめるか」

「もういない」

「大丈夫だ」

　奴の魔力は覚えている。探査魔術を発動すると、奴の姿形までバッチリ見えた。

「どうやら木造地区へ向かっているようだな。こっちだ」

　せっかく風呂に入ったのに汗をかいてしまうが、目の前で盗みをされてそれを見過ごしたとあっちゃあ寝覚めが悪い。盗人《ぬすっと》の魔力反応を追って、木造地区へ向かう。

　さすがグルーデンだけあって人は多いが、マーキングした相手を見失うことはない。

　俺の追跡魔術は完璧だ。

　しかし、俺の後をついてきていたはずのラウラは見失った。なんでだよ。

　ラウラの魔力は見え辛いし複雑だしで覚えていない。まったくどこ行ったんだ、あの迷子は。

　まあいい。先に盗人を衛兵に突き出して、そのあとラウラを探すとするか。

街を駆け抜け、木造地区に入ったところでようやく男を目視する。

後ろ姿しか見えないが、奴は誰かと話しているようで、声が聞こえる。

「おい誰だてめえ？　急に前を塞《ふさ》ぎやがってよ！」

「盗みはダメ」

何故かラウラがいた。どういうわけか、先回りして盗人の前に立ちはだかっている。

こ、これが彼女の本当の実力ってわけか!?

「なに？　俺がいつ盗みをしたというんだ？　証拠はあるのか？」

「……ない」

ないんかい。

俺は思わず足を滑らせた。その音に反応して、男は勢い良く後ろを振り向いた。

「ちっ、誰だ？」

俺が魔術で気配を隠して息を潜めていると、やがて男は大きく息を吐いた。

「気のせいか」

視線を前に戻した男に向かって、ラウラは剣を抜きながら言い放つ。

「証拠ない……でもすぐにわかる」

「ほう？　元Cランク冒険者の俺様とやるってのか？」

男も剣を抜いた。

ちょうど彼女の実力を知りたかったので、いい機会かもしれない。

放つ雰囲気からして彼女がただの女の子ではないことはすぐにわかる。あの膨大な魔力量といい、俺には何故か彼女がとんでもない実力を秘めているように見えるのだ。

恐らく、ラウラが負けることは万に一つもない。

ただそれは、一対一では、という話。

「ククク、バァカ！　俺がタイマン勝負なんてやるかよ！　お前ら！　コイツをやっちまえ！」

男が嘲笑《あざわら》いながら手を振って合図すると、周囲の建物から盗人の仲間らしき荒くれ者どもが棍棒《こんぼう》を持って姿を……現さない。

「お、おい！　どうした！」

狼狽《うろた》えた様子の男に、俺は姿を現しながら図体だけはデカい男たちを投げつける。

「何だ？　コイツらのことか？　悪いな、真剣勝負に邪魔が入ったら無粋《ぶすい》かと思って、先に倒しちまったよ」

「は？」

男はあんぐりと口を開いた。

ここは盗人たちの巣窟《そうくつ》らしく、数十人の悪漢《あっかん》に取り囲まれていたので、全て成敗しておいた。

ラウラ、搦《から》め手に弱そうだし。俺も搦め手嫌いだし。

「い、いやコイツらは元Bランク冒険者だぞ？　そんな馬鹿なことが――」

未だ現実を見ない男に、俺は溜息を吐く。

「前に集中しなくていいのか？」

「は？」

「いや前……ってもう遅いか」

男がどさりと音を立てて倒れた。ラウラは剣を鞘にしまい終えたところである。

彼女の繰り出した目にも留まらぬ一撃が、盗人を昏倒《こんとう》させたのである。

離れている場所にいるはずなのに、頬に突風がふわっと当たる。

俺は、一瞬だけ剣から放たれた恐ろしい光に思わず気圧《けお》されていた。

俺でも魔術を幾つも組み合わせなければ見えない速さだった。

彼女と相対したら、本気を出さねば距離を詰めることさえ難しいだろう。

これがラウラの本当の実力か。彼女が何者なのか何となく想像がついた。


その後、悪漢たちを衛兵に突き出すと、驚いたような目でお礼を言われた。

「こ、こいつらは木造地区の！　数が多くて困っていたんだ。助かったよ。あなたたちの名前は？」

「……」

困ったようにラウラは俺の方を見つめる。どうやら素性をバラしたくないのは彼女も同じらしい。

「通りすがりの魔術師ですよ」

「ん。通りすがりの剣士」

俺らがそう言うと、衛兵は乾いた笑い声を上げた。

「ありがとう、通りすがってくれて」

衛兵はそれ以上詮索《せんさく》することなく、解放してくれた。

やはりグルーデンは穏やかな人が多い。みんな他人に対して寛容なのだ。

帰り道、俺はラウラに気になっていたことを聞いた。

「男を捕まえる時、俺より早く辿り着いていたけど、どこにいるのかわかってたのか？」

「なんの話？」

……いや、偶然だったんかい。


宿に戻って一泊し、再び朝を迎える。

グルーデンは、快晴であった。

昨日の朝は重たい霧がかかっていたから、街全体が随分と明るく見える。

今日はきっと良いことがあるに違いない！

そんな晴れ晴れとした気持ちで冒険者ギルドへ入ると、俺を見るなり受付嬢が猪《いのしし》のように駆け寄ってきた。「お前何かやらかしたのかにゃ!?」なんていう不吉な言葉とともに。

まったく失礼な。この街ではまだ何もしていないぞ。

「Fランク冒険者ドーマ、お前をギルド長が呼んでるにゃ」

ギルド長？　はてさて、グルーデンの冒険者ギルド長と知り合っていただろうか。記憶にない。

「はにゃ？」

とぼけた顔をしていると、受付嬢にジト目を向けられる。

だって仕方がないだろう。知らないものは知らないのだ。

酒だって飲んでないし怪しい薬もやってない。あるとすれば夢遊病《むゆうびょう》か。どうしようもないな。

俺はそのまま、いかつい兄ちゃんたちに探るような無遠慮な視線を送られながら、ギルドの奥にある階段を上り、受付嬢に二階へと連行される。

そして、【書斎　許可なき者入室禁止】とデカデカと書かれた紙が貼られた扉の前に辿り着いた。

「ギルド長、例の新人を連れてきたにゃ」

ドアをノックして受付嬢が声をかけると「入りなさい」と氷のように無機質な女の声がする。

ひえっ。俺は今から「挨拶《あいさつ》」というモノをさせられるのだろうか。まずいな。手土産《てみやげ》を何も持ってきていない。かくなる上は一発芸で凌《しの》ぐしか……

「生きて帰ってくるにゃ」

受付嬢はバチンとウインクをするとドンと俺の背中を押し、部屋の中に入れて扉を閉めた。

なんて強引なんだ。昨日の優しさは何処《いずこ》へ。

書斎に入ると見覚えのある影が二つと……あともう二人知らない人がいる。

待っていたのは、何人も殺してきたような目をする男でもなければ、美少年を侍《はべ》らせる裏組織の女ボスでもなかった。当然だ。だってここは清く正しい冒険者ギルドなのだから。

もっとも、四人のうちの二人の男は色彩豊かなローブを羽織り、中に奇天烈な服を着ているので、怪しさ満点ではあるが。

見知った顔の一人は、魔術部長ことロダーさんだ。やあとひらひら手を振ってくれる。相変わらず人の好さそうな御人である。

もう一人も見覚えある人物だ。いや、それは正確ではない。どこぞの眠たげな眼の少女と似ているのである。桜色の髪と瞳。髪の長さは腰ぐらいまであり、件《くだん》の少女と瓜二《うりふた》つ。フラフラとしている彼女と異なり、目の前の女性は天使のような笑顔の奥に確かな胆力を潜ませているが。

ちんまりしたラウラが小動物的だとすれば、スタイルの良い彼女は女神か。

なんて考えていると、彼女は意外なことを呟く。

「やっぱりドーマ先輩だったんですね」

やっぱり？　先輩？　どう見ても彼女は俺より年上……二十代中頃ぐらいに見えるが。

誰だ？　古い知り合いだろうか。

記憶を辿るが思い当たらず、とりあえず「久しぶりですね！」と適当な反応をするか迷っていると、ロダーさんが驚いたように眉を上げた。

「おや、ラウネさん。知り合いだったのですか？」

「ええ、そうだったみたいですね。私もこんなところで彼に会えるとは、驚きです」

ラウネと呼ばれたギルド長はくすりと笑う。

ラウネ……？　その名前、どこかで聞いたような……ん？

「あ、もしかして魔術学園のラウネ……？」

俺の言葉にラウネは微笑む。

「ふふ、そうです。覚えていてくれたんですね」

「まあ何とか」

「六年ぶりですもんね？」

ラーネシア・ラウネ。俺が十二歳の時、飛び級首席で魔術学園を卒業した際に次席だった女性だ。

一年しか学園には在籍していなかったので記憶自体は薄いが、彼女が随分と優秀だったことは覚えている。その後魔術師の界隈《かいわい》で会わないなと思っていたのだが、いつの間にか冒険者ギルドの長《おさ》になっていたらしい。立派だ。

彼女を見てすぐに思い出せなかったのは、そもそも俺の物覚えが良くないというのもあるが、彼女の雰囲気が当時と全然違っていたという方が理由としては大きいだろう。

「ラウネこそ、よく覚えていましたね」

「ドーマ先輩のことは忘れたくても忘れられませんから」

そんなに深い関係だったっけ？　そもそもラウネは六つ年上だったのであまり仲は良くなかった……というか、途中まで物凄く敵視されていたような気すらする。

お互い子供だったのだ。

そんな感じで、ラウネに対しては良くも悪くも烈火の如く激しいイメージを持っていた。だが、今ではすっかり穏やかになっているようだ。大人になったんだなと安堵《あんど》する。

「ドーマ先輩は、何というか、壁でしたからね。いや、壁というより海？」

乾いた笑みを浮かべながらラウネは妙なことを呟く。喜んでいいのかよくわからない比喩《ひゆ》だ。

そういえば俺の方が年下なのに、先輩と呼んでくるのは変わっていない。

「まさかドーマ君がギルド長の知り合いだとはねえ、不思議な縁があるもんだね」

ロダーさんはうんうんと頷いている。和む。

「そうですね。もしかすると、とは思っていましたが、本当に本人だとは。だとすれば、当然これを描いたのもドーマ先輩ですよね？」

そう言ってラウネはペラッと一枚の紙を取り出す。昨日、俺が描いた治癒魔法陣の紙である。さほど珍しくもないはずなのに、よく俺が描いたとわかったものだ。

「俺のですね」

「やっぱり。【通りすがりの魔術師】というのも？」

「……通りすがりの魔術師って？　はてさて、なんのことやら――」

俺はすっとぼけながら言葉を紡いでいたが、ラウネの咳払《せきばら》いに遮られる。

「ごほん、ゴーレムを十体召喚して盗賊を撃退し、つい昨日も木造地区の悪漢連中を一網打尽《いちもうだじん》にした【通りすがりの魔術師】のことですね」

ぜ、全部バレてーら。

とほほ、と肩を落としていると、ラウネは小さく溜息を吐いた。

「ドーマ先輩がいるとわかっていれば、こんな解呪師なんか雇うことはありませんでした……」

すると、それまで口を噤《つぐ》んでいたローブを羽織った男のうちの一人が、憤りの声を上げる。

「こ、こんな解呪師とは何だね！」

「あら？　裸で街を一周しなくていいんですか？」

悪戯《いたずら》っぽい笑みを浮かべてラウネが言うと、ローブの男は歯噛みする。

「ぐ、ぐぬぬ!!」

その後、派手な格好をしたローブの男は【グルーデンどころか国一番の解呪師】である——とラウネは満面の笑みで紹介してくれた。目は笑っていなかったが。

「解呪師とは珍しいですね」

「はい。今回呼び出したのもそれが理由で。ドーマ先輩に、とある呪いを解いてほしいんです」

「とある呪い?」

そう言ってラウネは事の次第を説明してくれた。

解呪してほしいのは、本職の解呪師でさえ解けない強固な呪いなのだという。

呪いをかけた犯人もわからなければ、目的もわからない。ただ一つわかっているのは、それを受けた人間の体の機能を半分にまで低下させるという効果のみ。

そしてその呪いを受けたのは、なんとラウネの妹だという。妹はぼーっとした性格から呪いに気が付かず、まんまと左遷されてしまっているようだ。

「……」

説明を聞き終えた俺は、言葉を発せずにいた。

おいおい、どこかで聞いた話な気が……いや、人違いだろう。
ラ、ラウネの妹かあー! どんな人だろうな〜。
「ククク、先輩だかなんだか知らないが、あの呪いがこんな若造に解けるはずがないだろう!」

解呪師の男は俺を指差し、ふんすと鼻息を漏らす。

確かに俺は呪いに関して門外漢《もんがいかん》だ。古代の呪術が使われていたなら、手も足も出ないだろう。

まさか国一番の解呪師が唸るほどの呪いが、デコピンで払えるレベルのはずがないのだ。

「引き受けてくれますか？」

ラウネが神妙《しんみょう》な顔つきで聞いてくる。

「は、はは。実物を見ないとなんとも」

まあ本当にラウラかはわからないしな！　ただ髪色も瞳の色も似ている赤の他人の可能性もある。

むしろその方が可能性としては高いはずだ。ラウラのはずがない！

「そう言うと思って呼んであります。ラウラ！」

「あ、ドーマ」

ラウラでした。

「あら？　もう知り合いだったんですか？」

ラウネの問いに答えたのはラウラだった。しかも、最悪な形で。

「昨日一緒にお風呂に入った」

「ラウラさん!?」

無邪気《むじゃき》。時にそれは悪意よりもタチが悪い。

一瞬の静寂の後に、前方にいる姉御から凄まじい殺気が立ち上る。

結果、誤解を解くのに十分もかかった。なんなら不可視の指輪《インビジブルリング》の実演までした。

「……ドーマ先輩への処罰は一旦保留にしましょう。でもそうならば話は早いですね」

ニコニコとした処刑人を前にガクブルと震えていると、ラウネはラウラにそっと近付く。

二人一緒にいると、本当に似ているなと感じる。

似ていないのは髪の長さと、胸の大きさと、性格と身長と……あれ？　結構似てないな。

「ほらここです、呪いは。この首元に刻印されている……ってあれ？」

ラウネがラウラの洋服のボタンを三つほどぷちぷちと外すと、現れたのはすべすべとした綺麗な肌。呪印などどこにもない。

「な、ない！　呪いが！　ない!?」

慌てふためくラウネをよそにラウラは状況を呑み込めていないようで、こちらを見つめている。

手遅れになる前に、言うしかないよな。何事も神速を尊ばねば。

「あ、はは。それならもう解いちゃいました」

「え？　えええええ!?」

「そ、そんなバカな！　あり得ない！　こんな若造が！」

ラウネと解呪師は仲良く騒ぎ立てるが、事実なので仕方がない。

ロダーさんは「そうか君だったのか」と言わんばかりにうんうん頷いている。和む。

「ふ、不可能だ！　おいお前、この印を知っているのか!?　彼女は王宮騎士だ。解呪がどれだけ難しいと思っている！」

そう言って解呪師はラウラの剣の鞘に刻まれている鷲と麦の紋章を指差す。

何が言いたいんだ？

「ん？　それなら俺も持っていますよ」

「は？」

当然、俺も王宮で働いていたのだから持っている。まったく使っていない、綺麗な白い手袋に印字されている。それを鞄から出して見せると、解呪師は顔を青くして、尻もちをつく。

「ま、まさかお前……王宮魔術師なのか!?」

手を取って助け起こそうとすると、彼がブルブルと震えている。

そんな化け物を見るような目で見ないでほしい。

それにしても、ラウラは王宮騎士だったのか。そりゃ強いわけだ。

王宮騎士といえば、この国の大半の人間が憧れ、尊敬する王家の象徴。そしてその強さは、たった一人の王宮騎士で数千の軍隊に匹敵《ひってき》するほど。まさに一騎当千である。

ただの兵士を蟻《あり》だとすれば、王宮騎士は象みたいなものだ。

ちなみに王宮騎士は、王宮魔術師より格が高い。

「ふふ、でもドーマ先輩ならおかしくないですね。先輩は王宮魔術師……先輩は王宮魔術師……」

ラウネは目をぐるぐると回しながら、自分をどうにか納得させるように頷いた。

話の流れ上仕方なかったとはいえ、不用意に素性を晒すべきではなかった。

世間からの評価はともかく、実際の王宮魔術師は王国の便利屋みたいなものだから、面倒ごとに巻き込まれやすいのだ。

俺が目指すはスローライフ。王宮魔術師という色眼鏡《いろめがね》で見られながら生きることではない。

だから、一連の流れを話すことにした。

さも深刻なことがあったかのように、左遷されたことを伝えたのである。

すると……一同はぽかーんとしていた。そりゃそうだ。

王宮《ロイヤル》を冠する者が左遷される――なかなかある話ではない。

ん？ でもラウラも理由が理由だが左遷されたのか。よくある話じゃないか。

「ドーマ先輩はローデシナで静かに暮らしたいわけですね……だから放っておいてほしいと」

沈黙を破ったのはラウネだった。だが、まだ何やら深く考え込んでいる。

その隙に、ロダーさんが一冊の本を持ってきて、俺に差し出してくる。

「サインしてくれないかい？」

照れっと笑うロダーさん。なんだこの人。かわいいな。

さらさらっとサインをして彼に本を渡す。

それを待って、ラウネは言う。

「ドーマ先輩のお気持ちはわかりました。妹を救ってくれた先輩の頼みです。ギルド長として厄介ごとに巻き込まないよう善処しましょう」

「それは助かります」

すると一転、ラウネは悪戯な笑みを浮かべる。

「ふふっ、では次は私のお願いを聞いてくれますか？」

なんだか嫌な予感がする。

彼女は続ける。

「お願いと言っても簡単なことです。ローデシナに行く道中、ラウラを介護……っごほん、彼女に同伴してほしいんです」

今、介護って言ったよな？　当のラウラは部屋の隅《すみ》っこでぼーっと窓から外を眺めている。親同士の会話が終わるのを待っていて、飽きちゃった子供みたいだ。

「ラウラは見ての通りなので心配だったのですが、先輩なら安心ですからね。それに――」

例の呪いは、誰かが確かな悪意を持ってラウラにかけている。

そしてその呪いが解かれたとわかれば、またラウラは危険に晒される可能性が高い。それ故、人目に付きにくい道中だけでも守ってほしい、とのことだった。

だから決して一人じゃ何もできないラウラを介護してほしいわけじゃない……と目を泳がせながら繰り返していた。

説明を聞き終えた俺は、溜息混じりに言う。

「面倒ごとは避けたいんですが」

「はい？　私の妹が面倒だとでも？」

失言した。よくわからないが、ラウネの姉御の後ろにモヤモヤと闇《やみ》のオーラが立ち上る。怖い。

「……喜んでお受けします」

「あら、本当ですか？　それなら善は急げ、出発は明日にしましょう。護衛依頼の商人に話を通しておきますが、素性は隠します。明日の早朝、馬車通り三番線に。質問はありますか？　先輩？」

「……いえ、まるで最初から決まっていたかのような段取りの良さですね」

「気のせいですよ？」

気のせいだったか。まあ魔術師は神速を尊ぶというし、予定が早くなる分には別に問題ないな。

ラウラもこんなにしっかりした姉がいるなら、今後は大丈夫だろう。

「ほら、ラウラも挨拶しなさい！」

「おはようござます」

ラウラは何も聞いていなかったようだ。

明日から楽しみだな！

そんな彼女を慈《いつく》しむように見つめたと思ったら、ラウネはこちらに射殺すような視線を向けてきた。

「ああ、ところで、妹に手を出したら殺しますから、ね？」

「ははは、出すわけないでしょう」

「はい？　私の妹に魅力がないとでも？」

どうしろって言うんだ！

「冗談ですよ。頼りにしてます、先輩」

ペロッと舌を出してラウネは握手を求めてくる。冗談に思えないから怖いんだよ。

だが、ラウネと交わした握手からは、信頼しているからこその温かさを感じた。

3

「やあ幹部長、うるさい部下がいなくなって清々したかね？」

そんな声に反応し、朝から書類の山に追われていた王宮魔術師団の幹部長――フォルグは顔を上げて、飛び跳ねるように声の主《ぬし》の元へ馳《は》せ参《さん》じた。

「こ、これは長官！　長官殿がこの私めにどのような御用で？」

慌てる幹部長を見てニヤリと笑うのは、王国の魔術師全てを統括する魔術長官のゼルフ。

魔術師団ではお山の大将のフォルグも、長官に対しては頭が上がらない。

ゼルフは口の端を上げて言う。

「ふふふ、貴様がついに奴を左遷させたと聞いてな」

「ご、ご存知でしたか」

「もちろんだ」

情報が回るのが早すぎやしないか？　とフォルグは不可解に思った。そして長官の顔が笑っているようでまったく笑っていないことに気付き、冷や汗をかく。

この笑みは通称「地獄の笑み《ヘルスマイル》」と呼ばれる、怒りの落雷の前兆である。

「首席魔術師ドーマ。貴様と合わないとは聞いていたが、その様子だと随分優秀だったようだな？」

ゼルフが顎《あご》でしゃくった先には、山のように積み上がった書類。

フォルグと、周りで聞いている王宮魔術師の一同は震え上がった。

しかし、黙り込んでも状況が改善しないと判断したフォルグは、どうにか言葉を紡ぐ。

「いや、これは違うのです。今回はたまたま量が多いだけでして。ぐへへ」

「ふん。まあいい。ところでドーマの研究報告書が上がってこないのだが、貴様が持っているな？」

「報告書？　ああ、あの落書きのことですか」

フォルグは机をガサゴソ探して、しわくちゃになった紙を恐る恐る長官に差し出した。

怒髪天《どはつてん》をつく一歩手前だが、ゼルフはまだ笑みを崩さない。

「ほう、これは……」

「どうです？　ひどい落書きでしょう？」

長官が開いた報告書は、落書きのような紋様でびっしり埋め尽くされている。一見子供が無邪気に描き殴ったただの落書きだが、長官は一考する。

訪れた沈黙を気まずく思ったフォルグは、ふと気になったことを聞いた。

「そ、そういえば奴の左遷先は何故ローデシナ村に？　共和国や東方とかでも良かったのでは？」

幹部長が左遷を言い渡したが、左遷先は上からの命令によって決まった。

ローデシナから彼の行動を把握するのは困難だ。通常これほど僻地に飛ばすことはまずない。それも王宮魔術師レベルをローデシナに左遷するだなんて異例である。

しかし、長官は冷たく言い放つ。

「それは機密事項だよ、幹部長」

それを聞いて、幹部長は目を丸くした。「機密事項」なんて滅多に聞かない言葉が、部下の左遷にまつわる話で飛び出すとは思わなかったのである。

「わ、私が王宮魔術師を統括する幹部長であってもですか？」

「ふん、そうだ。これはもっと上でしか知り得ない情報なのだよ。幹部長、貴様が今の地位にいたければそれ以上、追及しないことだな」

（ひ、ひえー！）

フォルグは心の中で悲鳴を上げる。

対して、長官は穏やかな顔で報告書を閉じた。

「ふむ。よくわかった。邪魔したなフォルグ幹部長。引き続き業務に励むが良い」

「は、ははー！」

こうして、ゼルフは報告書を持ってその場を後にした。

彼の顔には心からの笑みが浮かぶ。

（首席魔術師と言えども、まさかこれほどまでとは思ってもいなかった）

その報告書においてドーマは今まで誰もなし得なかった空間魔法の理論化を、ドーマはやってのけていたのだ。

かなり高度な内容である。王宮魔術師でも上位数名しか理解することができないほどに。

（幹部長フォルグ、奴は魔術戦闘や金にまつわることなら一流だが、それ以外はてんでダメだ。王国からすればドーマが左遷されたのは大きな損失だが、幹部長の手を離れ、ローデシナ村に行ったことは不幸中の幸いだったのかもしれない。ドーマはフォルグには勿体ない。何せ、ああいう奴のことを『魔術の天才』と呼ぶのかもしれないのだからな）

ゼルフはそんな風に考えながら、帰路に就《つ》くのだった。

☆

「ち、遅刻寸前だ!!」

グルーデンを発《た》つ日がやってきた。

パンを咥《くわ》えながら待ち合わせ場所に到着すると、小さい鞄を一つだけ持ったラウラが既に待っている。どうやら彼女、朝は強いらしく、俺が目を覚ました時には宿をもう出ていたのだ。

流石王宮騎士。深夜族の魔術師とは根本的に違う。

「よ、よう、ラウラ。よく眠れたか？」

「……」

息を整えながら彼女をよくよく見ると、立ったまま寝ていた。前言撤回である。

危ないので揺り起こすと、ラウラは寝ぼけているのか、目を擦って「お姉……ちゃん？」なんて言いながら突然抱きついてきた。流石王宮騎士。躱《かわ》す暇もない。

「おーいラウラさんや。ドーマだよ。お姉さんじゃないよってイタタタタタタ」

ミシミシと骨が危うい音を立てる。慌ててラウラの顔に水魔法を放つと、彼女は飛び起きた。

「なんだ、ドーマか」

「なんだとはなんだ」

がっかりされた。寝ぼけたヤツに殺されるところだったぜ。

「馬車はまだ来ていないみたいだな」

「遅刻する人は苦手」

「お、俺はギリギリセーフだもんね！」

そんな会話をしていると、ガラガラと馬車が近付いてくる音がする。

やってきたのは二頭の馬が牽引《けんいん》する中型の馬車だった。御者《ぎょしゃ》の若い女性が降りてきた。

若い女性が経験と財力を必要とする馬車商になるというのは、珍しいパターンだ。

「いやあ、えらい待たせてごめんなあ。馬さんの調子が悪うてなあ。出発が遅れてしもうたんや」

「クセのある喋り方ですね!?」

何つー訛《なま》りだ。王国では聞かない訛りである。

ラウラも聞き取れなくて怪訝そうな表情を……するわけでもなく、普通に馬の方に興味が向いていた。そういうとこだぞ。

「すまんすまん。あたしミナミの方の出身でな。地元の方言が出るんや。かわええやろ?」

「南というと共和国の方面ですか?」

「いやもっと南。多分わからんと思うわ」

生憎《あいにく》、魔術師試験では共和国以南の地理は範囲外で履修《りしゅう》しておらず、よく知らない。

もっと勉強しておけば良かったたな。

「あ、あたしはヨルベ。グルーデンで馬車商をやっとるんやけど、冒険者ギルドの依頼人で間違いないよな？」

「そうですね、多分」

多分、とつけたのは依頼主がラウネだからだ。そのため妹のラウラの方が知っていると思うんだが、残念ながら彼女は近くの屋台に食べ物を買いに行ってしまった。

まったくあの子は！　目を離したらすぐいなくなっちゃうんだから！

「多分？　まあええわ。騙《だま》すような顔には見えへんしな」

「へへへ」

「笑い方気持ち悪いな!?」

すっと身を引いてから、御者の女性は続ける。

「それにしてもローデシナ行きなんて久しぶりやわ。あんな辺境、誰も行きたがらへんからな」

「それは……どうしてですか？」

「そりゃもちろん３Ｋが揃っているからや」

「３Ｋ？」

「そう。危険、距離遠い、基本的に何もない」

「無理矢理だなあ」

ローデシナ、ひどい言われようである。だが島流しの地と呼ばれているだけあって、外部とは隔《かく》絶《ぜつ》されたスローライフが送れそうだ。むしろワクワクしてくる。

「まあ道中は任せとき。あたし、これでもAランク冒険者なんやで？」

ドヤッとバッジを見せびらかすヨルベ。

褒めてほしそうだったので拍手した。

そんな話をしていると、ラウラが近くの屋台から串焼きをたくさん抱えて戻ってきた。

「ドーマ、串焼き」

「えらいえらい」

「お金は持っていたのかい？」

そう聞くと「くれた」と簡潔な返事。

すまんな屋台のオッちゃん。

「お、連れも戻ってきたみたいやな。依頼主のことは探らへん方針やけど、魔術師と剣士、珍しゅうてなかなか絵になるなあ」

ヨルベの言葉に、俺は笑いながら言う。

「串焼きを何本も持っている剣士がですか？」

「あはは、可愛いやんか。良かったら旅の途中に稽古《けいこ》、つけてあげるで？」

「それはぜひ」

ラウラに人間観察の極意を教えてあげてください。

ヨルベは手慣れた動きで荷物を載せると、馬車の扉を開け、中へどうぞとエスコートしてくれる。洗練された美しい所作だ。

馬車の中には余分なものがなく一見質素だが、逆に必要なものにはお金をしっかりかけているようで、居心地がいい。

俺の前にラウラが座り、串を差し出してくる。

「一本、いらないよね？」

「なんで否定形なんだよ」

まぁ元々もらえると思っていなかったけどな。

ヨルベは御者として馬を馭《ぎょ》し、俺とラウラは向き合うような形で馬車の中で揺られる。

馬車自体はさして大きくなく、乗客二人が乗ってちょうどいいくらい。

ラウラはぼーっとしたまま黙っているが、何故かこちらをじーっと見つめている気がする。

うっ。間が持たない。沈黙に耐えかね、俺は口を開く。

「そ、そういえばなんでラウラはラウネの家に泊まらなかったんだ？」

「ダメになるって」

「ダメに？」

聞き返すと、何故かラウラは首を傾げる。

これ以上甘やかすとラウラがダメになるってことかな？　多分正解。

それからはラウラと色々と話をした。お互いの出身、家族、幼少期の話などなど。

その中でも意外だったのは、彼女が貴族出身ではなかったことである。

とはいえ、それなりに良い暮らしはしていたらしい。まあ見りゃわかる。

そんな他愛《たあい》のない話に花を咲かせていると、急に馬車が停まる。

グルーデンを出発して半日が過ぎたぐらいだろうか。

「どうしました？」

「いやあ、定期便が先行った理由がわかったんやわ」

ヨルベはビシッと馬車の行く先を指さす。

彼女が示した先を見ると、思わず声が漏れる。

「お、おお。なんだあれ」

デカイ。まずその一言に尽きる。巨大な四足歩行の生き物が、泉で水浴びをしているのだ。

馬車の何十倍もあろうかという高さで、首が長い。

近くを通ろうとしたら、うっかり踏み潰されてしまいかねない。

「これが名物『地竜《ちりゅう》の水浴び』や」

ヨルベはそう言った。

「どうしたの」

ラウラがひょっこり顔を出したので、説明してやる。

「首の長いデカ地竜が水を浴びてるところだ」

「あ、サスポンスケ」

「へ？　何それ」

「地竜の名前」

「可愛い名前だな？」

まあ確かに、首の長い姿とのんびり水浴びする光景はなんとも和む空間ではある。

さすが王宮騎士だけあって物知りだ。

そんな平和なやり取りを聞いていたヨルベが、声を荒らげる。

「いやいや騙されたらあかんで！　アイツ、今まで何百人と商人殺してんねんからな？」

「おおう」

身震いする俺。

聞くに、のんびりした動物だと思った商人がそばを駆け抜けると、突如怒り狂って踏み潰す仕様らしい。何それ、怖すぎるだろ。

ヨルベによると、物音立てずこっそり通っても敏感に気配を察知し、容赦なく踏み潰されるので、水浴びが終わるまでじっとしているしかないらしい。急に水浴びが物騒な儀式に見えてきた。

「水浴びって、どれぐらいかかるんですか？」

俺の質問にヨルベは首を横に振る。

「わからん。多分三日ぐらいいやな」

「長っ！」

「サスポンスケは長風呂で有名」

ほんとか？　ラウラが言うと何だか説得力がないな。

遠くから水浴びを見守って待っててもいいんだが……それだけのために三日、何もないここに留まるのは少し面倒だ。

「あいつを倒して通るっていうのは？」

「まあ、そら倒してくれたら、みんな万々歳やけど……本気で言うてんの？　Aランクのあたしでも歯が立たへん相手やで？」

「まあ、やるだけやってみます」

「死んでもいいなら、あたしは止めへんけどな」

意外と冷たい。いや、冗談だと思われているのか？

だがまあ、ラウラもいることだし、地竜ぐらいなら簡単に倒せるだろう。

「ラウラ、アイツの首、一撃で落とせるか？」

「ん。でも高すぎて届かない」

確かに地竜の首ははるか上空にある。ラウラを百人積み上げても届かない高さだ。

そんな時こそ、魔術の出番である。

「それは任せてくれ。俺がアイツをよろめかせるから、後は頼むぞ」

「うん」

ラウラは頷くと、軽く走り出した。『軽く』とはいえ常人には目にも留まらない速さだが。

「は？」

ヨルベが目をまんまるにしたところで作戦開始だ。

ラウラが地竜に近付くまでに、魔術を構築しなければ。

俺は一歩前に出てしゃがみ込んで、地面に手を触れた。

「な、何しとるん？」

後ろから聞こえるヨルベの声に、振り向かないまま答える。

「地質を調べてるんです」

俺の魔力自体はそこまで多くはない。だから効率良くやらないとすぐに枯渇《こかつ》して効果があまり出ない。だが――これならいけるな。

俺は魔術を三つ同時に展開する。

まず地竜の前脚が触れている地面をそれぞれ泥沼に変え、ズブズブと脚を引きずり込ませてよろめかせる。次に足場を作る。ラウラがそれを駆け上がっていくのを見ながら、最後の仕上げだ。ラウラに身体能力向上のバフをかけた。

体勢を崩して咄嗟《とっさ》に『ゴオオォオ』と吠《ほ》える地竜に対して、ラウラは跳躍して加速しつつ、剣を抜く。そしてラウラが地竜とぶつかるまさにその時、カッと閃光が煌めき、目が眩む。

薄く目を開けると、地竜の首を中心として、白い輝きが十字架状に伸びているのが見えた。

やがて光が消えると、綺麗に一刀両断された地竜の首が落ちる。

あまりにも綺麗な切断面からは、血が数秒出ないのだという。これがまさにそれだ。剣術の極みと言える業《わざ》。想像はしていたが、まさか王宮騎士がこれほどとは思わず鳥肌が立つ。

「あ」

しかし、当の本人はそんな情けない声を出してヒューっと落ちていく。

しまった。帰りのことを忘れていた。慌てて魔術を展開して足場を作り、ラウラ、無事帰還。

「あ、あんたら何もんや？」

そう口にするヨルベは、顎が地面についてしまいそうなくらい口を開けて、呆然としていた。

いやまあそうだよな。俺もあのラウラがこんな斬撃を繰り出したことを今でも信じられずにいる。

そんなラウラは、隠すことなく普通に答えた。

「王宮騎士」

「な、なんやて⁉」

いいのか？　と思ったが王宮騎士は有名人だからな。相手が商人ならいずれバレるか。

だが王宮魔術師はあくまで裏方。面が割れることはあるまい。

俺が送りたいのはあくまで研究漬けのスローライフ。余計な期待をされたり、面倒ごとを押し付けられたりする日々はもうゴメンだ。幸い、ヨルベはラウラのことに驚きすぎて俺に気を回す余裕はないようだ。となればわざわざカミングアウトする必要もない。

「あ、あんたは？」

少し遅れてのそんな質問に、俺はいつもの答えを返す。

「俺は通りすがりの普通の魔術師ですよ」

「はあ、何がなんやらわからへんわ」

ヨルベは腰を抜かしていた。

それを見てラウラは若干、後悔の表情を浮かべているように見えた。

ヨルベがこれまで通り話してくれなくなるかもしれない——などと思っているんだろうか。

だが、そんな心配はご無用だった。ヨルベは何かに気付いたように目を見開くと、腰を抜かしていたのが嘘のように勢い良く立ち上がってラウラの手を握る。

「ん⁉　ラウラ⁉　王宮騎士のラウラ⁉　もしかしてアンタ、『光姫《こうき》のラウラ』なんか⁉」

「かも」

「うおおおおおサインくれや、サイン！　馬車に飾ったるで！」

やはりラウラは有名人だったらしい。ヨルベは興奮した様子で、嬉しそうにラウラの手を握ったままその手をぶんぶんと振っている。

王宮騎士にはそれぞれ二つ名が付いているが、ラウラは『光姫』なんだな。

納得の名前だ。特に周りにあたふた介護させるところなんて、完全に姫だ。

ちなみに、陰属性の王宮魔術師には二つ名《そんな》なんて洒落《もの》たものはない。

泣いてなんかいない。ふ、二つ名なんかなくたって生きていけるもん！

「ところでこの死体、どうする？」

騒動から少しして、何十枚もサインを書かされたせいでぐったりしているラウラに声をかける。

巨大な地竜の死体をここに放置するのは、あんまりだろう。腐るし。

「ふふん、それならあたしに任せとき！」

そう言ってヨルベが何か装置をカチカチしている。

……これは、魔導具だろうか？

「それはなんです？」

「これはな、単純な信号を使って、遠くの相手と通信できる魔導具や。八年前にとある神童が発明したらしいで」

「へえ便利なんですね」

これで応援を呼び、回収してもらえば、わざわざグルーデンまで戻る手間が省けるというわけか。

「そうやで。そしてそのお値段、なんと金貨二百六十枚や！」

「な、随分と高いですね！」

「高級品を持ってこその商人やからな」

俺には考えられない世界だな。金貨二百六十枚。ちょうど俺の給料一年分。まあ、左遷されて多少は減額されただろうが、豪華な一軒家ぐらいは買える値段である。

世の中には高価な魔導具もあるもんだなあ。なんだったら俺でも作れそうな気がするけど。

……というかその魔導具、俺が十歳の時に自由研究で作ったやつじゃないか？

ヨルベが可哀想なので言わないことにした。

日が沈んだので、野営をすることになった。

魔術で先を照らしてやるのは簡単だが、夜は魔物が最も活性化する時間だ。いちいち消耗するのも良くないという判断である。野営であれば、魔物除けの魔導具を設置できるしな。

ヨルベが馬車からテントやら毛布やらを引っ張り出している間、俺は薪《まき》を集め火を焚《た》いて、夜ご飯の準備をする。

ラウラ？　彼女の役割は小岩に座ってバードウォッチングです。満天の星空に見入り、一人たたずむ横顔は、絵画のようだった。

さて今日の野営メシはグルーデンで買ってきたパンに切れ込みを入れ、間に焼いた野兎《のうさぎ》の肉とチーズを挟んだ即席サンドイッチだ。宿を出る時に女将が持たせてくれた特製のマスタードを挟むとなお美味い。

ありがとう、宿の女将。グルーデンの方へ感謝。

その夜は三人で火を囲みながらお互いたくさんのことを語り合った。全てを話せるわけではないが、お互いの出自、幼少期、これまでの生活はどうだったとか。噂話や、恋バナなんかもした。

意外だったのは、ヨルベにパートナーがいることだった。彼女は確かに美人で性格も器量もいいが、なんせ馬車商としてあちこち飛び回る生活。安定とは程遠い。

写真があるということなので見てみると、それはそれは美しいどこかの王子様みたいな人物だった……というか巷《ちまた》で人気な作品に出てくる王子様の絵だった。

「ああ、やっぱ動かへん男は最高やな！」

ヨルベは酔っ払いながらそんなことを口走っていた。過去に何かあったんだろうか。

ラウラはほとんどずっとモグモグ何か食べていたが、ヨルベの質問には答えていた。

「うん」と無言のノーで。そういうとこだぞ。

だが、ヨルベはラウラのことが気に入ったのか、餌付けしていたので俺の負担が減った。


あとの二日間は平穏も平穏といった感じの旅だった。

たまに低ランクの魔物が出たが、ヨルベが「二人の前で戦うのえらい恥ずかしいわー」と言いながら簡単にいなしていた。

戦闘に自信があると言っていただけあって、安定感がある。俺とラウラが手出しする必要もなく、ヨルベは地元で打ってもらったという半月型の剣で次々と魔物の首を落としていた。

ラウラが思わず寝てしまうほどの安心感だ。

この子、いつか誘拐されそう。

そうして馬車がゆったりと進むことちょうど三日。正午を少し過ぎたぐらいの時間だろうか。

ようやく目的地が見えた。

「見えたで、あれがローデシナ村や」

思わず俺とラウラは声を上げる。

「おお！」

「すごい」

馬車が近付いていくにつれ、姿を現す雄大な大自然。

まさに大地の生命がここで湧き上がったかのように青々と木々が生い茂り、少し霧がかっている湿った空気と、ぬかるんだ大地が神秘を感じさせる。

まさに『大森林』だ。

ローデシナ村はその大森林の入り口に位置する村である。グルーデンからほとんど何もない草原地帯を通り、大森林まで続く道を柵《さく》が囲っている。

往来が少ないのか、若干道は草に侵食されていたな。

門の辺りまで来ると、門番だろう、槍を持った男たちが近付いてくる。

「許可証は？」

「はいはい。そろそろ顔パスでええんちゃうか？」

ヨルベが言うと、門番さんが声を荒らげる。

「そんなことしたら門番の意味がないだろう！」

ごもっとも。そして門番さんは俺とラウラの顔をギロッと一瞥《いちべつ》すると、「お前たちは何者だ？」と尋ねてくる。

うーむ、王宮を冠する者は、みだりにその地位を明かしてはならないとされている。余計な混乱をもたらすからだ。だからこういう時、困る。結果――

「通りすがりの魔術師だ」

「通りすがりの剣士」

「……通れ！」

すんなり中に入れてくれた。門番も面倒くさいのかもしれない。ガバガバである。

グルーデンはチェックがしっかりしていて面倒だったので、緩くてありがたいが、逆に心配だな。

そんな風に思いながら村に入ると、まず大きな広場があった。

真ん中には巨大な焚き火が設置され、その周りを囲むように木造の家々が軒《のき》を連《つら》ねている。

しかし木造とは言っても、造りはしっかりしていてグルーデンの住宅となんら遜色《そんしょく》ない。むしろ木材が豊富にあるからなのか、装飾や様式が豪華で、見栄えが良い。

異国情緒を感じて、思わず唾を呑み込む。

もっと何もない散村をイメージしていたが、中心地はほとんど街のようだ。

まあ、中心から外れるほどのどやかになっていくのだろう。

「そんで、あれが村長の家やな」

村に見惚《みと》れていると、ヨルベが説明してくれる。

広場の中央に鎮座《ちんざ》する立派な建物が、村長の邸宅らしい。

といっても俺たちはそこに用はない。

ある程度案内を受けて広場に着いたところで、ヨルベとは別れることになった。

「ここまで助かりました」

「ヨルベ、ありがとう」

俺とラウラが頭を下げると、ヨルベはにかっと笑う。

「いやいやあたしこそ楽しかったで」

「ほんっとうに助かりました!!」

俺が勢い良くもう一度お辞儀をすると、ヨルベの表情は苦笑いになった。

「お、おう」

だが、そんな反応をされてもいいと思えるくらいに、俺は彼女に感謝していた。

特にラウラの世話に関して。ヨルベがいなければ、俺は一日目で心が折れていた！

「ヨルベはもうグルーデンに戻るんですか？」

「はは、まさか。この村でしっかり儲けんで！」

彼女は馬車の底蓋《そこぶた》を外し、大量の商品を引っ張り出す。ローデシナ村は恒常的に物資不足なので日用品でも高く売れるらしい。しっかりしていることで。


そうしてヨルベと別れ、俺とラウラはとある場所へ向かう。

一日目の夜に、ラウラが薪の代わりに書類を燃やそうとしていたのを慌てて止めて、その際に内容を検《あらた》めたことでわかったのだが、どうやらラウラと俺は同じ場所に用があるらしい。

その場所とは、冒険者ギルド。ローデシナ支部は村役場の役割も兼ねているみたいだな。

聞いた話では、この村の全てを押し付け……任されているようだ。

それを手助けすることが俺たちの仕事——ではなく、単に家を探しに行くだけである。

不動産もギルドが管理しているらしいからな。

ローデシナでの俺の仕事は、家の中でぬくぬくと月に数本、報告書を書けばいいだけ。

幹部長が優しすぎて涙が出てくるぜ。

というわけで広場を抜け、森を切り開いて作ったような、舗装《ほそう》されていない道を進む。

少し歩くと、看板が立っている。

「こ……先……険者ギル……」

文字が掠《かす》れていた。嫌な予感しかしないぜ！


あとになって知ったことだが、グルーデンの冒険者ギルドは辺境三大ギルドの一つらしく、腕利きの冒険者に人気だったようだ。

道理でギルド本部も大きく、溢れんばかりの冒険者たちが出入りしていたはずだ。

そしてローデシナの冒険者ギルドはというと――

「こりゃあ……すごいな」

何の変哲もないただの小屋、と表すのが一番適切なように思える。

小屋というには少し大きいかもしれないが、見た目はただの木造りの一軒家に『冒険者ギルドローデシナ支部』と看板が掲げられているだけなのだ。

小屋は村の中心からは離れていて、周りには森以外、何もない。なかなかに寂しい。

中に入ると、数人の冒険者たちがたむろしていた。

こちらをチラリと見たが、興味なさそうに再び談笑に戻る。

受付の方へ向かうと、狼耳の男がこちらにジロッと視線を送ってくる。凛々《りり》しい顔立ちをした狼っぽい獣人で、年齢は三十歳ぐらいだろうか。鋭い目つきと額の傷は歴戦の風格を感じさせる。

「む、見ない顔だな。冒険者か？」

「そんなところです」

そう受付の男性に答えながら俺は、移住希望の書類を手渡す。

基本的に奴隷以外ならば簡単に移住することはできるが、こうやって公式の書類を持っているのは身分がしっかりしている者だけだ。

俺もラウラも王宮で働いていたことを明かさずとも、公務員なので身分における信頼度は高い。

俺らは王宮へ勤めていることを示す証明書と、公務員であることを示す証明書を持っているのだ。

「ふむ、移住者か。ようこそ、ローデシナ村へ。俺はここの職員のバストンだ。同胞よ、困ったことがあれば頼ってくるといい」

バストンはにっこり微笑んで、俺とラウラ、それぞれと握手を交わす。

一見尖ったオーラを放つバストンだが、実は柔和《にゅうわ》で律儀《りちぎ》な性格をしているらしい。良い関係を築けそうだ。

「住むところは決まっているのか？」

バストンは早速聞いてくる。

「いえ、絶賛家探し中ですね」

「ふむ、希望は？」

「できるだけ大きく頑丈で、離れた場所にあるのがいいですね」

「なるほど」と呟き、バストンは深く考え込む。

贅沢な希望だというのはわかっている。

だが魔術研究で村ごとふっとばすわけにはいかない。今度こそクビになってしまうからな。

「ラウラは？　どんな家に住みたいんだ？」

俺が振り返って聞くと、ラウラは小首を傾げる。

「？　大きくてがんじょうで離れた家」

「こらこら」

同じことを言うんじゃない。

当然、ラウラを護衛するのはローデシナ村までなので、これからは別行動だ。それをわかって……いないんだろうな。誰も知り合いがいないこの村。そんな場所でラウラが一人でやっていける可能性は、ゼロだ。まったく、ラウネのヤツ、俺の性格をよく知ってやがる。

「ふむ、困ったな。実は家が余っていないんだ」

俺が仕方なくラウラの世話をすることを決意していると、バストンが言った。

「へ？」

「先月のことなんだが」

バストンはつらつらと話し始める。

先月、嵐がローデシナ村を襲った。いつもは見張りをしている連中も流石に家に引きこもったのだが、その隙に大型の魔物がまんまと村に侵入し、たっぷりと暴れ回ったせいで十数軒の家が倒壊。今は簡易宿泊所を設置することでカバーしているらしい。

「じゃあそもそも家がないと？」

「そうだ」

「家を建てたいと言ったら、どれくらい待つことになりますか？」

「すまないが、半年待ちだ」

半年⁉　嘘だろ⁉

簡易宿泊所は嫌だ。俺には共同生活がまったく向いていないのだ。ストレスで禿《は》げてしまう。

「ど、どうしてもないんですか？」

「ふむ、あるにはある。だがもう何十年も使われていない訳あり物件でな。勧めはしない」

バストンによると、それは彼の持ち家で通称【森の洋館】なんて言われていて、夜になると誰もいないのに灯りがついたり影が動いたり、取り壊そうと調査に入った兵士が怪我したり……幽霊屋敷じゃねーか。

流石にそんな場所は嫌なので丁重にお断りさせていただいて――

「楽しそう」

「ラウラ⁉」

ひょっこり顔を出す好奇心の魔人。

「よ、よく考えろ。明らかに幽霊屋敷だぞ？」

「だめなの？」

「くっ……」

一点の曇りもない純粋なる瞳で見つめられた時、人はどうして否定できるだろうか。

「仕方ない」

「ん！」

ラウラは元気良く頷く。まあ彼女がそれで良いなら俺は何も言うまい。

バストンによると、俺の希望はほぼ満たしているようだし。

「場所はここだ。くれぐれも無理はするな」

バストンは地図を描いた紙を渡してくれた。今はちょうどギルドが繁忙期らしく、抜け出せないため俺たち二人で見に行ってほしいとのことだ。

本当か？　怖いだけじゃなかろうな、バストン？

ともあれ、こうして、半《なか》ば強引に新居が決まった。

森の洋館があるという場所はローデシナ村の奥地、ゴーストヒルと呼ばれる丘の上だ。

そこは昔、とある金持ちが建てて住んでいたが、突如身を持ち崩して死んで以来、誰も住みついていないらしい。

事故物件じゃねーか！

げんなりしながらギルドを出ると、その後に続いて誰かがギルドの扉を開けた音がする。

さっきからずっと俺たちをジロジロと無遠慮に眺めていた奴だ。談笑するフリをしていたが、気が付いていないとでも思っていたのだろうか。

「おい、お前魔術師なんだってな」

そしてその男――片目に十字傷の入った、鎧を着込んでいる若い冒険者が絡んできた。足早に俺の前へ回り込みながら、背中の大杖を見てせせら笑う。

「ええ？　そうですけど」

「チッ、クソ魔術師が冒険者なんて名乗りやがって」

彼はBランク冒険者。胸元にその証《あかし》のバッジがある。

「俺はよお、昔、パーティを組んでいた可愛い幼馴染を魔術師の男に取られてよお。それ以降、魔術師を見るたびに虫唾《むしず》が走るんだよ！」

「それって……」

八つ当たりじゃねーか！　という言葉を呑み込む。ことは荒立てたくない。

「俺はグロッツォミエント。この名前、覚えてもらおうか」

「グロッツォミエント？」

俺が聞き返すと、グロッツォミエントは大声を上げる。

「はあ？　『さん』をつけろよデコ野郎！」

「でこ？」

ラウラが反応して俺のデコを見る。そこには何もないよ。

「それで、用は終わりですかね？」

俺が言うとグロッツォミエ……は首を横に振る。

「いいや待て。ふん、なんてことない、上納金徴収のお知らせだよ」

「上納金？」

上納金。なんだその言葉は。

首を傾げると、グロッツォ……なんだっけはビシッと俺を指さす。

「ふん、お前みたいなカスを救ってやろうって話だ」

何とかミエントの話によると、見ての通りローデシナの冒険者ギルドは小さいから、冒険者の身に何か起こっても、ロクな対応をしてくれないのだという。

「先月の騒動も聞いただろう？　ここのギルドはまるで頼りにならねえ」

だから冒険者同士で組織を作って、相互扶助を行っているらしい。上納金は、その加入料みたいなものだ。その値段、なんと金貨二枚！　お買い得！　……なわけあるか！

「流石に高すぎでしょう」

「低ランクは金を出すことでしか貢献できねえだろうが！」

そういえば俺は名義上Fランク冒険者だったな。胸元のバッジがピキーンと光る。

Fランクバッジは初心者を見失わないよう、光り輝くようになっているのだ。

「ふっ、まあ怪しむ気持ちもわかる。だがな、戦技のクラウスって知ってるだろ？　その人がうちの大ボスなんだよ」

せんぎのくらうす？　誰だ？

ぽかーんとしていると、何とか何とかは溜息を吐いて「これだからFランクは」と呟く。

「クラウスはこの国の英雄だ。調べればすぐにわかる。その人を中心に俺らは集まってるってわけ。ちゃんと認証された組織なんだぜ」

「へえ」

認証、ね。誰からなんだろうか。

組織の考案は素晴らしいことだ。だが本当に公認されているのならば、ギルドの中でバストンが『こういう組織があるんだが』と勧めていることだろう。しかし、こいつはギルドを出てから声をかけた。つまりこれは限りなく黒に近いグレー。論外だな。

「さあ、わかったら上納金を払え」

「嫌ですね」

「……は？」

こんな胡散臭《うさんくさ》い組織に金を払う必要はない。やってることは詐欺と同じだからな。

それに王宮魔術師が摘発されそうな怪しい組織に金を出したとなれば、今度こそクビだ。

「本当にいいのか？　お前ら、金を出さずにここで冒険者をやっていけるとでも？」

「結構です。さあ退《ど》いた退いた」

そんなチンピラのような脅迫《きょうはく》まがいの行為をする組織に尚更用はないな。

そうして何ツツォを押しのけると、奴は「ちっ、このことはクラウスに伝える。覚えてろ！」と、見事な捨て台詞《ぜりふ》を残して去っていった。

「大事な話？」

ラウラはまったく聞いていなかったようだが、今回ばかりは正解だ。

「いいや、ただの雑談だ」

「ん。早く行こ」

そうだ。さあ、気を取り直して幽霊屋敷に……行きたくねぇ。

4

ギルドから徒歩数十分。

人気《ひとけ》のない道を進んでいくと、辺りがどんどんと暗くなっていく。

ジメジメとした空気が肌にまとわりつき、周囲からはギギゴゴと謎の鳴き声が響く。

そんな中を、ラウラお嬢様はなんとルンルンでスキップしていた。

こ、これが王宮騎士……！　なんて恐れおののきながら、ついに事故物件に到着した。

そこら一帯はゴーストヒルと呼ばれるにふさわしい迫力だった。

昔ながらの外観の森の洋館は、侵入者を呑み込むようにどっしりと構えていた。石材中心で建てられた物々しい雰囲気のそれは、暗い森と相まって「何か不吉なもの」を想起させてくる。ビュォォォオと時折吹く風は幽霊の鳴き声のようだ。

それだけではない。丘には木々が一本たりとも生えておらず、ぽかんと空いた空白地帯になっており、何故か洋館の周りだけ天気が悪く、ゴロゴロと雲が鳴っている。

ううう、これは本格的だぞ……

「……じゃあ、ここで待ってる」

ラウラがボソッと言う。

「おい」

許さん。誰のせいでここに決まったと思ってるんだ。

俺は日和《ひよ》ったラウラの肩をがっしり掴むと、無理やり連行する。

「怖いの無理」

「なんでだよ！　楽しそうって言ってただろ！」

そう問いただすと、観念したのか無言になった。

俺はすぐあちこちどこかへ行くラウラの手を、しっかり掴む。

彼女からすれば、こんな簡単な拘束《こうそく》を解いて逃げるなんて朝飯前だろうが、悪いと思ってはいるのか、あっさりついてきた……ほっ。

いや、別に俺が怖いとかじゃない。この世の全ての事象は魔術で説明できるからな。怖くなんてないんだからねっ！

ギィイイイイイ。

洋館のドアはお約束の音を立ててしっかり閉まり、何もしていないのに、ボボボッと洋館内の松《たい》明《まつ》が燃え上がる。洋館の内装はどこか古めかしく傷んでいる。

そもそもはマナーハウスとして建てられたのだろうか。高級感のある通路や部屋が並んでいるが、あちこち風化し、ツタが絡んでいる。

俺は生唾を呑んでから、一歩踏み出す。

家具は泣いているようにギィギィと共鳴し、床は今にも踏み抜いてしまいそうなくらい脆《もろ》い。

大広間は吹き抜けになっていて、松明のおかげで明るい。力なく垂れ下がったシャンデリアや壁にかかった絵画、染みの付いた赤いカーペット――雰囲気は十分だ。

「ひかった」

ラウラはそう言いながらそろーっと二階を指差す。

そこには朧《おぼろ》げにゆらゆらと動く光があった。

「これは……？」

「なんとかして」

ラウラは俺の腕にギュッと顔を埋《うず》めてしがみついていた。この子、戦力外です。

「……イケ」

何か、聞こえる。

「……テイケ。デテイケデテイケデテイケデテイケデテイケデテイケデテイケデテイケデテイケデテイケデテイケデテイケ」

「ど、どうやら歓迎されてないみたいだな」

田舎の夜、虫が大合唱するように全方向から聞こえては流石に足が震える。

こ、これは武者振るいだ。きっと。

「大丈夫かラウラ？」

「ん、かわいい声」

「かわいい？」

ラウラは何故かケロッとしていた。

よくよく聞いてみると、聞こえてくる声は確かにキュートである。何か、幼い子供が精いっぱい声を張り上げているような。

なんだ。歓迎のコンサートみたいなものだと思えば、恐れる必要はないじゃないか。

構わず音源を探しに、二階へ突き進む。

「デ、デテイケ！」

そんな声とともに側の家具がギギギという音を立てながら浮遊して、こちらへ突っ込んできた。

おいおい、危ないだろう。

風魔術を駆使し、家具を止め、そのまま家具に近付く。

近くで見てみるとこの家具、今にも壊れそうである。それだけではない。シャンデリアも、カーペットも、窓も、床も、壁も、全て紙一重で繋がっているような満身創痍《まんしんそうい》の状態なのだ。

次に嵐がくれば全てが吹き飛んでしまいそうな儚《はかな》さすら感じる。

「まさかこの家……」

謎の声はどこかへ消え去り、家具が飛んでくることもそれ以降なかった。洋館は静まり返る。

「ラウラ、何か魔力の塊みたいなものを探そう」

「かたまり？」

「そうだ」

この洋館は普通ではない。洋館が魔力を纏《まと》っている――いや、魔力が洋館になっているかのような感覚がある。

魔力視は得意技だが、この洋館は魔力が複雑に入り組んでいるせいで上手く根本を特定できない。絡み合った糸が無雑作に放置されているようなものだ。見ているだけで頭が痛くなる。

だからこそ、ラウラの直感を頼ることにした。

「こっち」

てこてことラウラは一階へ下りていく。まさかこのまま出ていくつもりじゃないだろうな？

そう思っていると彼女はそのまま大広間を抜け、廊下にある大きな戸棚の前で立ち止まる。

「ここか？」

俺の言葉にラウラはこくんと頷いた。

恐らく戸棚のどこかを押せば動く仕組みになっているのだろう。しかし木彫りの戸棚には、あちこち突起や紋様が施してあって調べるのには時間がかかる。やむを得まい。

「一つ一つ調べるか」

「これ」

スパーンとラウラは戸棚についている木像を切り落とす。おいおい、何やってんだ。と思った矢先——ゴゴゴゴと戸棚が動いて地下への階段が出現した。

……ラウラの直感を理解するのは不可能だが、現実ってそういうもんだよね。

地下室に唯一あった扉は、高級感のある緑色の塗装が剥《は》げかかっているものの、所々に飾られた黄金のアクセサリーがくすむことなく輝きを放っている。

そして、その扉には【エリナーゼとニコラの部屋】と書かれたプレートがかかっている。前の住人の部屋だったのだろうか。

俺が入るのに躊躇している間に、ラウラがまったく躊躇することなくドアを開けた。

これが男気！

「これは……」

部屋の中は乱雑だった。

あちこちに紙が散らばり、適当に積み重ねられた分厚い本の塔は今にも崩れそうだ。壁には何か殴り書きがされているが、もう何十年も誰もいないはずなのに、埃《ほこり》が一切溜まっていない。

そして部屋の中央には、異様な存在感を示すクマのぬいぐるみが椅子に鎮座していた。

間違いない。これがこの洋館の魔力の中心だ。

そして、魔力がほとんど枯渇してしまっているのもわかった。

「ドーマ？」

ラウラが不安そうにこちらを見つめる。彼女も何かを感じ取ったのかもしれない。

「ボガートって知ってるか？」

「ぼがーと？」

「そうだ」

家精霊《ボガート》。気まぐれな精霊だ。

一説によると、ボガートは人が愛情を込めて建てた家に住み着き、やがては家と一体化して守り神となるらしい。そして主人と、自分と主人の愛の結晶である家を守ろうとするのだ。

もちろん、主人が死んでしまえばボガートも家から離れるが、中には家自体への思い入れが強いため家に留まるものもいるのだという。

ただそれも昔の話だ。今では、もはやボガートなんて存在しないとされている。俺が知っていたのは偶然本で読んでいたからだ。だがこの洋館はかなり古い建物だった。さっきの声が、この家を守ろうとするボガートのものなのだとしたら説明はつく。そしてそのボガートは、死にかけている。

主人がいなくなったこの洋館を、侵入者や嵐からずっと守ってきたのだろう。

クマのぬいぐるみを手に取ると、ぽろっと腕が取れる。それにあちこち糸だってほつれている。まるでこの洋館の現状のように。これではあんまりだ。

「ラウラ、力を貸してくれるか？」

「うん」

ぬいぐるみの胸の辺りに手を添え、ゆっくりと魔力を注ぎ込む。

ボガートの死因は魔力の喪失《そうしつ》だという。しかし、じゃあ魔力を足せばいいという話ではない。ボガートが受け入れてくれなければ、意味がない。

「認めてくれ」

この家を破壊したいわけじゃない。助けたいだけだ。

そんな想いを込めてゆっくりと、魔力を注ぐ。

すると、ぬいぐるみの胸がじんわりと光っていく。

ボガードにただ新たな主人であると認めてもらう。簡単に言うが、難しいことだ。人間からすれば、知らない女性が新しい母親と言ってやってくるようなもの。受け入れるのは簡単じゃない。

こちらを利用してくれて構わない。前の主人が戻ってくるまでの魔力の供給手段として利用してくれればいい。この部屋には何も手をつけないと約束しよう。

そう思いながら魔力を注ぎ続けると、やがてぬいぐるみの内部から光が溢れて、部屋は閃光で埋め尽くされる。

俺は、ラウラと離れてしまわぬよう手を握った。

この閃光は、ボガートが本来持つ力を表していると言えるだろう。まさかここまで強大な力を持っているとは思いもしなかった。本気になれば、動く要塞として家の姿のまま世界を回れたはずだ。そうしなかったのは、ここで主人を待っていたからなのか？

そんな問いが浮かんだ瞬間、光が収まった。

部屋には何ら変化はない。ただ、椅子に載っていたぬいぐるみだけがなくなっている。

「な、なんだこりゃ……」

ラウラの手を離し、再度二階に上がってみると驚きの光景が広がっていた。

洋館が、さながら新築のように美しく整えられていたのだ。ボロボロの家具も床も壁も、新築かと思うほど綺麗で傷一つない。

大広間の方へ歩いていけば自然と灯りがつき、シャンデリアが陽気にゆらゆら揺れた。

「……はっ！　ラウラ!?」

背後に人の気配を感じ、思わず振り向く。

するとそこにいたのは、ちんまりとたたずむ桜色の髪をした少女——ではなく、メイド服を身にまとった薄い灰色の長髪を揺らす、十歳ぐらいの少女。

「えへへ、ご主人様！」

「は？」

「ご主人様」と口にした少女……もとい幼女は、黒の下地に白いフリルの付いた、クラシカルなロングスカートのメイド服を着ている。すすけた灰の髪をリボンでツインテールにしていて、頭には白いカチューシャが載っている。大きな瞳と童顔に愛嬌《あいきょう》があった。だが、知らない子だ。

「ええっと、ここに迷い込んだ子かな？」

「むー、最初に迷い込んだのはご主人様ですよね！　あんなにわたしのことをめちゃくちゃにしたのにひどいです！」

「んんん？」

そんなことしていないよね、お嬢ちゃん？

「はっ、ラウラ⁉」

今度こそラウラの気配を感じて振り向くと、背後からジーッとこちらを見つめるラウラさん。

「いやっ、これは違うんだ」

「ぬいぐるみ」

ラウラはスタスタとメイド少女に近寄っていき、よしよしと頭を撫でる。

えへへ、と少女は嬉しそうだ。

はあ。よくわからないが微笑ましい光景だ。

ん？　ぬいぐるみ？

もはやラウラのせいで自信がなくなってきたが、魔力視を使うと、少女は例の魔力を放っている。

「もしかしてお前がボガートなのか？」

「やっと気付いたんですかー！　ふふふ、そうなのです！　わたしこそがこの家のボガートにして完璧メイド、ニコラなのです！」

幼女ことニコラは、ふわっと手を広げると、スカートをはためかせてくるくる舞い踊る。

すると、どこからか陽気な音楽が流れ始め、窓はパカパカと、シャンデリアはゆらゆらと、灯りはチカチカと。ニコラを演出するかのように屋敷が蠢《うごめ》いた。

なんだか楽しそうだ。ちょっと怖いけど。

「そうか、復活したようで良かったよ」

「ご主人様、その節はどうもありがとうございました。ニコラ、おかげでフルチャージです！」

ふんすとニコラは小さな力こぶを作る。それに対して「おおーっ」とラウラが拍手。

お遊戯会を見ているようで和む。

どうやら魔力を無事受け入れてくれたみたいではあるが――

「ところで、その『ご主人様』ってのは何かな？」

「！」

俺の言葉にビクッとニコラは体を震わせ、涙で目を潤《うる》ませる。

「もしかしてダメなのですか？　ご主人様になってくれないのですか？　ニコラはまた一人になって、人知れず死んでしまうのですか……」

肩を落とすニコラ。ジト目で俺を見てくるラウラ。

「ドーマ、さいてー」

「いや待て待て！」

ボガートが人の形になるのを知らなかったし、魔力を注いだだけで『ご主人様』認定されるなんて思わないだろう。

俺は少し考えて、口を開く。

「もちろんここを離れる気はない。でもお互いのことはよく知らないだろ？　だから主人なんて言われて戸惑っただけだよ」

「す、すみませんご主人様！　ニコラ、はやとちりしてしまいました！」

「いや、わかればいいんだ」

「？」

ラウラはわかっていないそうだ。さっきまで俺を非難していたクセして。

多分また話を聞いていないだけだろうし、放置でいいか。

ニコラは言う。

「でもニコラはご主人様たちのこと、よく知っているのですよ？　ラウラ様にドーマ様。魔力からご主人様たちを知るのもまた、優れたメイドの力なのです！」

それ結構怖い気がするんだけど⁉

それからニコラはぺらぺらと喋り出した。俺とラウラの好きな食べ物から好みのお湯の温度、朝は何時に起きたいだとか、夜に灯りはいるかだとか。

……魔力でそこまで読み取れるものなのか？

「ニコラを助けてくれたご主人様に恩返しすることが、ニコラの矜持《きょうじ》なのです！」

にこっと笑うニコラ。その無邪気な笑顔を見ると、まあいいかという気持ちになってくる。

俺はある疑問を口にする。

「じゃあ、その……なんだ。前の主人は大丈夫なのか？」

「エリナーゼ様のことですか？　……ニコラは賢いのでわかっているのです。エリナーゼ様は遠くに旅立ってしまったのです。わかっているのです」

あっ。言葉を間違えた。途端にしんみりした雰囲気になる。

ラウラは俺を「何してるの」という目でジーッと見つつ、ニコラをギュッと抱きしめる。

俺はというと、ひたすらアワアワしていた。

そんな俺を見て、ニコラはふんわり微笑んだ。

「えへへ、温かいのです。ニコラはわかっているのです。エリナーゼ様は大事なご主人様。それは何があっても変わらないって」

「……強いな」

ラウラはニコラを抱きしめ、俺は頭を撫でる。そんなしんみりした空気が続き——

「さあ！　寂しい時間は終わりなのです！　ご主人様！　ティータイムにしましょう！　こっちなのです！」

張り切るニコラに背中を押され、俺たちは洋館の正面から見て右の区画へと向かう。

洋館は広く大きい。ニコラによれば、さほど使わない地下や中庭を除いて、ワンフロアごとに左、中央、右と大まかに三分割できるのだという。洋館は三階建てのため、合計九つの区域に分けられるんだとか。

そして、どうやら一階の右部分がダイニングになっているらしい。なんとダイニングは、三部屋あるようだ。広すぎる。

真ん中の扉の奥が大人数用、左が貴賓用で、右が普段使い用だとニコラが教えてくれる。

ニコラは右の扉を開けた。

中に入ると、質素ながらアンティーク調に揃えられた家具や食器が机や戸棚に並んでいた。

窓から、太陽の光が差した丘が見える。どうやら天気も良くなったらしい。

どんな原理なんだ。謎は多い。

「ここは特にニコラが好きな場所なのです！」

自慢げに言うニコラを見て、俺とラウラは頷く。

「ああ、とても落ち着くな」

「いいとこ」

広すぎず、狭すぎず。一家団欒《いっかだんらん》するのにちょうどいい場所だ。

キッチンは別にあるようだが、この部屋にはオーブンだったり窯《かま》だったり、一通りの調理器具は揃っている。俺も料理は好きだが、これからは彼女の仕事になりそうだ。

「久しぶりなので少し緊張するのです」

そう言いながら、いつの間に用意したのかニコラはガラガラとティーセットを持ってきて、机の上に焼きたてのクッキーやスコーンのスタンドを載せた。

そして手際良くカップをセットすると、紅茶を注ぐ。

淹《い》れたての良い香りがする。

「マナーはよくわからないんだが、大丈夫なのか？」

「楽しく時間を過ごすことが大事なのですよ！　マナーや作法は重要でないのです」

「ん、美味しそう」

ラウラは言うが早いか、クッキーをパクッとつまみ食いする。そしてとろんとした顔になった。

その表情を見て、つい俺もクッキーに手を伸ばす。口に入れた瞬間、思わず目を見開いた。

サクッとした食感に、上品な砂糖の甘さ。バターの香りが鼻孔をくすぐり、しっかりとコクも感じる。それでいてしつこさや重みはなく……気付けばクッキーは消えていた。

俺は今……クッキーをどこへ？

一旦落ち着こうと、紅茶に手を伸ばす。

一口飲むと、渋みが舌を駆け抜けたかと思えばまろやかな味わいがやってくる。これはまるで……大自然の中で寝転がっているようなさわやかさ。

クッキーとの相性も抜群で、無限の可能性を感じてしまう。

ふぅと一息つく頃には、クッキーはすでに半分ぐらいなくなっていた。

顔を上げると、ラウラはまだぱくぱくと無心でクッキーを口に放り込んでいる。

「おい、食べすぎだぞ」

「ドーマも食べて」

口の中にクッキーを突っ込まれる。

はあぁ、美味しい。いや、そうじゃなくて。

「ニコラの分がなくなっちゃうだろ」

俺が言うと、ニコラは首を横にぶんぶん振る。

「わ、わたしのはいいのです！　メイドですから！」

「同じ家に住むのにそんなことは言いっこなしだ」

「ニコラ、あげる」

ラウラはクッキーをニコラへ差し出した。

ニコラはキョトンという顔をして立ち尽くしている。

「ん、座って」

椅子をひいて、ラウラが手招きした。

ニコラは言うがままに、座ってクッキーを齧《かじ》り、そのままうるっと目を潤ませて涙をこぼした。

「お、そんなに自分の作ったクッキーが美味しかったのか？」

俺の問いに対して、ニコラはぽつぽつと言葉を紡ぐ。

「違うのです。なんだかすごく懐かしくて……ニコラはとても幸せな気持ちになったのです」

ぐすんと鼻をすするニコラを、ラウラが抱きしめる。

人の感情に疎《うと》いのか鋭いのかよくわからない子だ。

成り行きでではあったが、ニコラに出会えて良かったと思う。俺たちは家を、ニコラは魔力を――いや、それ以上に俺ら三人ともが落ち着ける場所を必要としていたのだ。

人生は予測のつかないことばかりだ。王宮魔術師として左遷されなければ、ラウラともニコラとも出会えていなかったのだから。

ティータイムが終わると、ニコラが洋館を案内してくれた。

一階部分は来賓《らいひん》用の空間が主だった。ちなみに、中央部分の大広間はニコラ曰く、大規模のパーティーが開けると言うし、貴族や王族さえ招く格があるらしい。

二階には小さめの宿泊室があったり、書斎や図書館、会議室のような場所があったりと、この屋敷の設備の充実度を実感する。

三階は完全に居住空間だ。ゆったりとした大きな部屋は一人で寝るにはやや寂しい。

ニコラは俺とラウラが一緒の部屋に住むものだと思っていたらしく、ダブルベッドを用意していた……が、その部屋はラウラ専用の部屋になった。ラウネ様に殺されるわけにはいかないからな。

俺の部屋は三階の左部分を占める巨大なスペースで、生活空間と、そして念願の魔術研究を行う頑丈な部屋が隣接されている。

ニコラが胸を張って「大災害級の魔力暴走じゃなければドンと来いなのです！」と妙に怖い発言をしていた。

地下の納屋や、食糧庫や倉庫、そして今は荒れ放題の中庭にもすぐに手を入れるらしい。

そしてなんと、洋館には風呂がついている！

二百年前に建設されたというこの洋館は、当時の最新式大浴場が一階の左部分に用意されていて、大理石造りかつ彫像まで置いてある浴場はグルーデンにあった浴場施設と同じくらい立派である。

「常時お湯を張っているのは骨が折れるから、入る時は一声かけてほしいのです」とニコラは苦笑いする。

なんせこの洋館を一人で管理しているようなものだ。建物が手足のように動くらしいボガートとはいえ、定期的に魔力を補充してやらないとな。

そして地下室にも彼女の許可を得て立ち入った。

二百年前のニコラの主人――エリナーゼのかつての研究室だ。

彼女はどうやら魔術師……いや、当時で言うところの魔女だったらしい。

散らばっている紙や壁の落書きを見るに、エリナーゼはかなりの腕を持った魔女だったようだ。

失伝している魔術――ロストマジックや、最近発表されたばかりの魔術理論が既にエリナーゼの構想としてあったらしい。

これは、俺の魔術研究にも大いに役立つことだろう。

「エリナーゼ様はこの洋館を一日で建てたのです。本当に凄い魔女様でした」

ニコラは自分のことのように誇った。

それにしても、そんなエリナーゼの名が何故後世に伝わっていないのか疑問が残る。魔術に関する本なら星の数ほど読んだが、エリナーゼという名前は聞いたことがない。

何かヒントが残されていないかと、部屋を漁る。

そして俺は一冊の本を見つけてしまった。

「これは――」

翌朝、目が覚めるととっくに太陽は空高く昇っていた。

朝日が入り込んできていて、部屋は明るい。

ベッドから起き上がって伸びをすると、自然と部屋の灯りが付く。

二百年前の設備だというが、まったくそうは感じさせない。

部屋の隅に行き、設置型の魔導具を捻ると水がドバドバと流れる。これは俺のお手製だ。

魔力を流せば水が湧き出る優れもの！　なんとお値段はホームメイドのため無料！

昨日、そんな宣伝をすると「ドーマ様は魔女様の次に凄いのです！」とニコラが目を輝かせていた。せめてそこは一番と言ってほしかった。魔女様は、どれだけ凄かったのだろう。

顔を洗ってからいつの間にか用意されていたタオルで拭き、馬毛のブラシで歯を磨く。

すると、パンの焼ける香ばしい匂いが漂ってくる。

昨晩は久しぶりに人に会ったからか、ニコラが大盤振る舞いしてくれたおかげで夕食の量が凄かった。洋館の地下室に相当な量の備蓄食料があるらしく、買い出しもしていないのに料理が次から次へと運ばれてきた。

傷んでいないか？　と思ったが、お腹を下していないので多分平気だ。たまにピリッと感じる刺激的な味が最高だったぜ！

大浴場も素晴らしかった。

ただニコラが前の主人の影響か「背中をお流しします！」と入ろうとしてきたので慌てて止めた。

俺ではなくラウラを介護してやってほしいと頼むと、ピキーンと察したような真剣な顔つきで

「……ラウラ様は凄くやりがいがあるのです！」と張り切っていた。そうだろうとも。

風呂上がり、ロクに髪を手入れしないラウラを慌てて引き止めるニコラを見て、お世話好きなボガートで良かったとしみじみ思う。

それに、薄着一枚で風呂から出てくるラウラは目に毒なのだ。

一階へ下りていくと、窓から風が吹き込んでくる。

窓の外を見ると、丘——正確には洋館の庭らしい——でラウラが剣を持たずに素振りしている？

剣はないのにヒュン、ヒュンと風を切る音がする謎の現象を怪しんでいると、どうやら素振りが早すぎて剣が見えていないだけだったようだ。

頭上で剣を構えて振り下ろす、というのをひたすら繰り返している。手を抜くことなく、一つ一つの動作を確かめるように素振りするその姿は、様になっている。

腐っても王宮騎士ということか。いや別に腐ってはいないんだけど。抜けているだけで。

しかし、夏だけあってなかなか暑そうだ。王都に比べればローデシナは涼しい方だが、グルーデンよりは暑い。蒸し蒸しした湿気のある暑さだ。さすがは大森林。

ラウラは動きやすいように、胸の部分だけカバーした上着とショートパンツという軽装だが、太陽に照らされて体に汗が張り付いている。

そんなタイミングで、後ろから声がした。

「おはようございます、ご主人様！」

「おはよう、ニコラ。ラウラはいつからあれを？」

「ラウラ様は陽が昇ってからずっとああしているのです。朝ご飯ができましたので、声をかけてきてくださいますか？」

陽が昇ってからずっと……だと……⁉

驚愕しつつも俺はなんとか頷く。

「あい、わかった」

外に出るとやはりジワッとした暑さだったが、丘の上にいるせいか、吹き抜ける風が気持ちいい。

「ラウラ、朝ご飯の時間だ」

「ん」

タオルを投げてやると、そのままラウラの顔にバサッとかかる。

まさか自分で汗を拭くことも知らないのか？

「……」

無言で突っ立ったままでいるので、仕方なくタオルを捲《まく》ると頬を上気させたラウラと目が合った。

タオルの中には蒸気が立ち籠《こ》め、髪が額にへばりついてぐちゃぐちゃだ。

「先に風呂に入った方がいいな。一人で入れるか？」

「へーき。ニコラがいる」

まったくダラけたお嬢さまだぜ！

ラウラが風呂から上がると、ダイニングで三人揃って朝ご飯を食べる。朝食というには些《いささ》か遅い時間ではあるが、些細なことは気にしない。

サンドイッチを中心にスープなどが並び、トーストされたパンも別に盛られている。

「ところで野菜はどうやって手に入れたんだ？」

噛むほど甘味が広がる野菜の味に感動しながら、俺はニコラに聞く。

「庭に畑があるのですよ。メイドたるもの、ある程度の自給自足は必須なのです！」

……そうかな？　まぁこの敷地の広さなら、畑くらいあっても不思議ではない。そういえば、サンドイッチにはハムのようなものが挟まっているが……流石に牧場はないよな。

朝食の時間は、主に今日一日をどう過ごすかを話し合うことにした。

今日は一旦バストンの元へ、この屋敷について報告しに行かなければならない。

このまま音沙汰がないと死んだと思われそうだし。

俺がそう伝えると、ラウラはニコラの手を掴む。

「ニコラも行こ？」

「いいえ、わたしはボガート。この家の近くからは離れられないのです」

普通のボガートなら離れられるかもしれないが、ニコラはこの洋館と半ば一体化している。

少ししか外に出られないらしい。だからと言って悲壮的なわけではない。

「でもお仕事は楽しいので、ニコラは元気なのですよ！」

ニコラはニコラで、久しぶりに洋館を動かしてわかった不足している面の調整に時間を充《あ》てたいという。

「別に不便には感じなかったけどな」

「ご主人様にご不便を感じさせてしまったら、メイドとして失格なのです！」

まあ、そう言うなら任せるとしよう。

何でもやってもらうのは悪いので、洗濯とか料理とか手伝うよ、と申し出ると、ニッコリ笑顔で断られた。家事に関しては譲れない何かがあるらしい。

素人は黙っとれ、ということだろう。

「それじゃ、行ってくるよ」

「行ってらっしゃいませ、ご主人様！」

そうして元気よく見送ってくれるニコラを背に、俺らは冒険者ギルドへ向かった。

今までは誰にも見送られるなんてことはなかった。だが送り出してくれる誰かがいる。たったそれだけでこんなにも晴れやかな気持ちになるなんて思いもしていなかった。

帰る家がある。普通のことだが、素晴らしい。


「ふむ、やはり俺の見立てに間違いはなかったようだな」

冒険者ギルドへ戻ってくるなり、バストンにそんなことを言われた。

「見立て？」

「うむ。ドーマとラウラ、二人揃ってFランク冒険者だが、それ以上の実力だと見込んでいたのさ。例の幽霊屋敷も力のある同胞なら、解決できるとわかっていたよ」

犬の目をキリッとさせながらバストンはそう言い切った。

確かに、魔力垂れ流し温泉のラウラは、見る人が見れば一発で只者でないとわかるだろう。俺にしたって魔力が漏れすぎないように調整してはいるが、魔力は出力をしぼると流れが不自然になるので、注視すればすぐにわかる。実際、バストンの魔力も体の表面に漂っているが、時折ピリピリとした強烈な気配を感じる。彼もかなりの実力者だ。

「じゃあ、あの家に住んでもいいんですよね？」

俺の言葉に、バストンは頷く。

「もちろんだ。どうせ使い道もなかった家だ、土地ごと持っていけ」

なんと、土地の権利書までくれるという。

土地なんて普通に買おうとすれば金貨で数百枚は下らないはずだ。

こう見えてバストンは実は地元の名士とかなんだろうか。

そんな俺の胸中を知ってか知らずか、彼は笑う。

「ふむ、心配するな。こんな辺境の、それも曰く付きの土地など金貨一枚にも満たないさ」

「そういうものなんですか」

「都会から来たならわかるまいが、この辺にやってきた開拓者は土地を買って、そこに理想の家を建てるんだ。何故それがまかり通るかと言えば、土地代が安いからなんだよ」

世間知らずの俺に、バストンはそう教えてくれた。やはりこの獣人、良い奴である。

だがその勢いのまま「何なら冒険者ランクも上げておくが」とか言い出したので断っておいた。

無駄に注目だけ集めてしまうのは避けたい。冒険者がやりたいわけでもあるまいし。

「そうだ。冒険者ランクといえばBランクのグロッツォ……とかいう人がいたんですが」

例のチンピラに脅《おど》されたことを説明する。ぐへへ、卑怯だとか言われても結局はチクリが一番早くて最強の武器なのだ。

するとバストンは寝耳に水だったらしく、驚いた顔をする。

よく見ると頬の毛だけが逆立っている。結構面白い。

「ふむ、確かに我がローデシナ支部は常に人員不足。不満を持つのも頷けるが……元締めがクラウスだと、本当にそう言ったのか？」

「はい。ね、ラウラ……って」

ラウラは話に飽きて窓から外をぼんやり眺めていた。本当に突然どこかへ行くので心臓に悪い。

そんな彼女が、よもや巨大な地竜を一撃で屠《ほふ》るとは誰も想像できないだろう。

「ふむ。驚きだな……クラウスがまさかそんなことをするとは」

どうやらバストンは【戦技のクラウス】とやらと旧知の仲らしい。「そういうことをする奴じゃないんだが……」と悲しそうな目をして呟く。

王宮魔術師になるまではお互い切磋琢磨《せっさたくま》していた友人が、合格した途端、金と名声に固執してしまうのを俺は何度も見てきた。故に、彼の気持ちも理解できる。

「力ある同胞よ、一つ頼みがある。クラウスの様子を見てきてくれないだろうか？」

例の如く、バストンは忙しくギルドから離れられないようだ。

切実な目。そんな表情で見つめられてしまっては、断ることなどできない。だが、そう簡単に引き受けてしまっても「しめしめコイツは便利屋だぞ」とか思われてしまう。ここは俺の巧みな交渉術で何やかんやして……

「ん。まかせて」

「うわっ⁉」

俺は驚きのあまり声を上げてしまった。

気付けば隣にいたラウラが二つ返事で引き受けていたのだ。

「これでいいんでしょ？」とジーッと俺を見つめるラウラ。

……そうだよな。時には友人の頼みを即決で引き受けるのも大切だよな。

「わかりました、引き受けましょう！」

俺がそう言うと、バストンはほっとしたように口元を緩めた。

「ありがとう。クラウスには『これ』を見せればわかってもらえるだろう」

「これは？」

「ふむ、俺と妻の写真が入ったブローチだ」

それから、バストンからクラウスの居場所を地図に書いてもらい、ギルドを出た。

クラウスは結構な僻地《へきち》に住んでいるようだ。

まぁゴーストヒルに住み着いた俺たちが言えることではないが、村の東方『毒の沼』と記された場所にクラウスはいるらしい。

この村、物騒な地名ばっかりだな？

「～♪　～♪」

ブローチを気に入ったのか、ラウラは珍しく鼻歌を歌いながら歩いている。

人の物だから、後で返さなきゃいけないんだぞ？

「ちゃんとついてきて」

「ついてきてるさ」

「ん」

上機嫌なのか、ラウラは手を差し出してきた。まったくしょうがないな。

「ほら水だ。水分補給はしっかりな」

「……」

ラウラは何か言いたげな目のまま、ゆっくり水を飲んだ。


そうして歩くことものの数十分で『毒の沼』に到達した。

悍《おぞ》ましい名前こそ付いているものの、見た目は綺麗な湖だった。小高い丘に囲まれた湖は、霞《かすみ》がかって幻想的だ。水に透明感こそないが、美しい水色と若干黄ばんだ霞が立ち込める様はまるで絵画のよう。

「これが毒の沼か？　名前が物々しいだけで、毒がないとかかな。なんだか拍子抜けだ」

「きれい」

ラウラがテコテコと湖の方へ歩き出す。おいおい毒だぞ。

まあ何かあってもラウラなら何とかなるだろう……そう考えていた矢先、背筋が凍るような殺気を受けた。

「馬鹿野郎！！！！」

怒号とともに、どこからか鋭く短剣が飛んできて、俺とラウラは思わず飛び退く。

まったく気配を感じなかった。相当の手練《てだ》れか？

警戒していると、森の中から片手剣を備えた屈強な半裸の男が現れる。

その体には無数の傷が刻まれており、ボサボサと生えた灰色の長髭が老獪《ろうかい》さを感じさせる。

前線帰りの老兵といったような雰囲気を漂わせている。

「お前ら死にたいのか!?　軽々しく沼に近付きやがって!!」

どうやら敵ではなさそうだ。しかし相当怒っている。人に怒鳴られたのは久しぶりだな。

俺は相手の顔色を窺《うかが》いながら、言葉を選ぶ。

「すみません、良くないことだとは知らず……」

「良くないことだと？」

男は、突如近くのネズミをむんずと捕まえて、湖の方へ放り投げる。

「チュー！！！！!?」

そんな鳴き声を発しながら、湖に飛んでいった哀れなネズミは、湖の上空に差し掛かった辺りで泡をブクブク噴き始め、苦しみながら湖の中へ。後に『シュウ……』という何かが溶ける音。

俺らは、思わず固まるしかなかった。

『毒の沼』だというからには、湖の水だけに毒気があるのかと勝手に思っていた。

しかしそこから立ち上る水蒸気――周りの空気さえも毒を帯びていたのである。

「わかったか？　あと数秒遅かったらそこの嬢ちゃんは死んでた」

心の底では『何とかなる』と思い込んでいた。魔術師は万能ではない。最強の騎士だって全能ではない。わかっていたはずなのに。

「ごめんなさい」

ラウラはぺこりと頭を下げる。

この子を死なせるところだったのかと思うと、肝が冷える。

「ああ、わかれば良いんだよ。こっちも怒鳴って悪かったな」

後頭部を掻きながらそう口にする男に、俺も頭を下げる。

「い、いえいえ！　助かりました」

どうやら男は俺たちみたいな何も知らずに湖に近付く連中を見張るため、こんなところに住んでいるらしい。相当、人のいい奴である。

「俺ぁ、クラウス。知らねえ気配、お前らローデシナの新入りだろ？」

コイツが例のクラウス。どうやら悪い人ではなさそうだが……

動揺しているのか、つい口が緩む。

「あなたがクラウスさんでしたか。実は、バストンさんの依頼であなたを捜していたんですよ」

「あん？」

……あ、あれ？

ピクリとクラウスの瞼《まぶた》が震える。雰囲気が変わる。血をざわめかせるような禍々《まがまが》しい魔力が噴き出す。ぐわっと迫力に覆い潰されるような感覚がし、思わず冷や汗をかく。

「お前らバストンの手先だったのか？　なら助ける必要はなかったな」

その瞬間、クラウスは鋭くこちらに跳躍《ちょうやく》しながら、剣を抜いた。

一瞬でも彼から目を離せば、息を吐く暇もなく首を斬られると確信する。

彼は強い。恐らく適当な結界魔術を使っても抑えきれないだろう。ならば一点集中だ。クラウスの剣の出所。そこを予想して結界を張り、最短の手数で抑え切る。クラウスの剣が動く。予想した通りに彼の手元が閃《ひらめ》き、結界が剣撃を抑える。

「甘《あめ》え！」

その瞬間、剣筋が増えた。

剣は一つしかないはずなのに、無数の剣筋が変化しながら襲いかかってくる。

予想なんてできやしない。想定外の事態に焦る。焦ると魔術の精度は落ちる。

咄嗟に背後に退避しようとしたが、目測を誤ったらしくクラウスの剣が届く方が早い。

たった一つのミスが招くのは敗北。そして、敗北には代償がつきものだ。

自分の油断が招いたことなので受け入れねばなるまい。

そう覚悟していたのだが、クラウスの剣は俺の目の前で止まっていた。

目に映るは細く美しい銀製の剣。鉄に比べれば遥かに軟弱で簡単に砕けそうなそれは、見事に洗練された魔力を纏い、いとも容易くクラウスの一撃を受け止めている。

「ドーマ、下がってて」

華奢《きゃしゃ》な体つきにもかかわらず、ラウラは力技でクラウスを後ろに吹っ飛ばす。そしてそのまま息もつかせない速さでクラウスに接近し、次々に斬撃を放つ。

派手な一撃や力はないが、ラウラの剣捌きにはとにかく速さとキレがある。

俺に対しては無類の攻撃力を誇っていたはずのクラウスがほとんど防戦一方だった。

「な、なんだ⁉」

驚愕の表情を浮かべるクラウスをラウラは冷静に見据え、相手の剣を跳ね飛ばした。

勝負ありだ。

ラウラはトドメを刺さなかったが、クラウスは実力差を痛感したのかがくりと膝をついた。
ラ、ラウラ様！　カッコいいッッ‼
俺はもはやただの見物人である。魔術師は接近戦が得意じゃないから仕方ない。

「俺の腕もここまで落ちちまったか」

「わたしが強いだけ」

クラウスの言葉にラウラがそう答えると、彼は呆れたように笑った。

「いや悪かったな。俺の負けだ。殺すつもりはなかったんだが、情けねえ姿を見せちまった」

「殺す気はなかった？」

俺が聞き返すと、クラウスはラウラを指差す。

「ああ、嬢ちゃんならわかるだろう？」

ラウラはこくりと頷く。本当に殺気はなかったらしい。

なんだ？　じゃあ何故襲いかかってきたんだ？

俺は問う。

「……試したんですか？」

『試す』行為は嫌いだ。自分が完全に上に立っていると確信しつつ行う、あまりに自分勝手な行いだからである。

そんな俺の怒気を察したのか、クラウスは頭を下げる。

「ああ、悪かったよ。気を悪くしたなら謝る。せめてもの詫びだ。受け取ってくれ」

差し出されたのは、宝石のように加工された魔石だった。

魔石の色は基本青だ。そしてグレードの高い魔石ほど色が透き通る。しかしクラウスに渡された魔石の色は鮮烈な赤色。つまり、これは希少種だ。深い地面の中、あるいは強大な魔物の体内でのみ低い確率で生成されると言われている、値段で言えば金貨千枚は下らないであろう代物である。

何かと何かを吊《つ》り下げる天秤《てんびん》がぐらぐらと揺れて、ピーンと片方に落ちた。

「ぐ、ぐへへ、許しましょう」

誠意には誠意で返さないとな！　魔術師たるもの紳士であれ。うむ、金言である。

クラウスは呆れとも安堵ともつかない笑みを浮かべ、口を開く。

「なら良かった。俺ぁ、バストンが本気で問題を解決するつもりなのかを知りたかったのさ。そしてどうやら本気だとわかった。冒険者どもが勝手に俺の名前を使ってる件についてだろ？」

「あ、知っていたんですか？」

「当たり前だ。そこまで耄碌《もうろく》しちゃいねえ。奴らは俺の名前を笠に着て、やりたい放題だからな。俺だって腹が立つ」

ほう。てっきり【戦技のクラウス】が元締めだと思っていたが、そう簡単な話ではないらしい。誰か糸を引く奴がいるってことか。

クラウスの話によると、今や『裏の世界の住民を気取っている』奴らも、最初はクラウスの可愛い子分だったらしい。しかし、ある日を境に突然言うことを聞かなくなった。かと思えば「クラウスの名の下に！」と名前を勝手に使ってやりたい放題。俺たちが守ってやってるだろ？　と難癖つけて勝手に店のものを持っていったり、自警団を称して気に食わない者をリンチしたり、村の衛兵を買収して黙らせたりしているらしい。

何やら面倒事の匂いがする。

へい大将！　俺たち抜きで！　……ダメかな？

「クラウスが直接動けば良かったのでは？」

俺の言葉に、クラウスは鼻を鳴らす。

「ふん、やったさ。だが俺の力じゃどうにもできなかった」

その言葉には少し驚いた。この実力でどうこうできない相手など、そういないだろうに。

「今やまるで盗賊まがいのことをしてるあいつらの背後には、強力な二人がいる。聞いた話だが、そいつらは【王宮騎士】と【王宮魔術師】、つまりこの国の最強コンビってことだ」

「まさか！」

そんなことがあるはずがない。

自らの生き様に誇りを持つ王宮騎士が、盗賊まがいのことをするなんて考えられない。それに、悲しいかな、王宮魔術師は引きこもりなので、そんなことをするほどエネルギッシュではないのだ。

俺とラウラが盗賊になるだろうか？　答えは否。ラウラが料理をするぐらいあり得ない。

「聞き間違いじゃないんですか？」

「いや、確かに奴らは強かったよ。二体一だったとはいえ完敗だった。まあ、俺が弱くなっちまったのかもしれねえがな。そこの嬢ちゃんにも負けたことだし」

……う、ううん。

なんとも反応し辛い言葉に頷くことしかできない。

「特に騎士の方は、まるで自分自身と戦ってるみたいだった」と呟いてから、クラウスは続ける。

「情けねえが俺一人じゃ何もできねえ。だからバストンの野郎が本気で動くまで待っていた。アイツは真面目な顔してマヌケだから、気付くのも遅《おせ》え」

「初耳！　みたいな顔してましたよ」

どうやらクラウスはバストンのことを待っていたようだ。なんだ、クラウスは何も変わっていない。バストンの悲しい瞳を見ないで済むと思うとホッとする。あれは心にくる。

「手を貸しましょうか？」

しかし俺の提案に、クラウスは首を横に振った。

「いや、世を乱すクズどもは成敗しなきゃなんねぇが、新入りを巻き込みたくはねぇ。村のしょーもない面倒ごとは、俺たちジジイに任せてくれ」

クラウス！　なんて良い奴なんだ。バストンと旧知の仲なのも頷ける。

その言葉はただただありがたい。この村に来たばかりなのに、村のゴタゴタに巻き込まれても困る。辺境に来てまで他人の意思に行動を左右されたくない。

クラウスとバストンが上に上手く話を通してくれる、ということじゃないかな、きっと。

クラウスは事の次第をバストンにしっかり伝えてくれと念押しした上で言う。

「次は自分で来いと言っといてくれ」

クラウスはそう言ってニヤリと笑った。


その後、俺とラウラは『毒の沼』を離れた。

帰り道、珍しく神妙な面持ちをしたラウラがこそりと俺に囁《ささや》いた。

「あのひと、目、見えてない、かも」

「ははは、まさか」

「動きがおかしかった」

「……本当か？」

思わず耳を疑った。そんな馬鹿な。

しかし、もしラウラの話が本当だとすれば、クラウスは視力の代わりに、気配や魔力を察知しながら戦っていたことになる。とんでもない話だ。

そんな驚きもありつつ冒険者ギルドに戻ってバストンに『毒の沼』であったことを話すと、彼は満足したような笑みを浮かべた。

「ふむ。同胞ならやってくれるとわかっていた。クラウスがそんな奴じゃないこともな。ありがとう。これは礼だ」

そう言ってバストンは金貨の入った袋をドサッと机に置く。

「え？　受け取れませんよこんなもの」

「死にかけたのだろう？　俺の責任だ。詫《わ》びも込めて金貨百枚。これで手を打ってくれないか」

「は、ははは」

金貨百枚だって大金だよな？　クラウスからいただいた魔石が高価すぎたせいで、金銭感覚がバグりそうだ。

まあ友を許すのもまた紳士の在り方だよな、なんて無理やり納得してありがたく受け取った。

「ところで、クラウスって一体何者なんですか？」

「本当に知らないのか？」

「まあ、今まで魔術漬けだったもので」

呆れたように、バストンは教えてくれた。

【戦技のクラウス】――彼は十年前に勃発した王国と帝国との戦争における英雄だ。

当時『北方将軍』の位に就いていたクラウスは、戦地ガルムシャにて百体の巨人族を相手に、僅か数人の兵士で突撃。巨躯《きょく》なる敵を相手に、千変万化《せんぺんばんか》する戦技を以《もっ》て見事勝利を収めたらしい。

まさに王国の英雄。王国民なら子供でも知っている名前らしいが、十年前は、俺は師匠に連れ回されて魔術修行という名目の監禁と拷問を受けていたから、知らなくとも不思議ではない。

しかし、それならばあの強さは説明がつくというものだ。

「でも、それほどの実力者が何故ローデシナに？」

「それは何かが原因で視力を失ってしまってな。絶望して酒浸りになったクラウスは、ローデシナに左遷されてしまったというわけだ。二年前の話だな」

なんとクラウスも左遷仲間だったらしい。

ローデシナに来てからは一念発起して心を入れ替え、今は『毒の沼』の管理人に落ち着いている、と。良いオッサンである。生き様が眩しい。

「ふむ。同胞よ、力があるとはいえ、いきなり面倒ごとに巻き込んでしまって申し訳ないな。クラウスの言う通り、ここは俺らに任せて、ローデシナを楽しんでくれ」

バストンは律儀に頭を下げる。確か獣人は滅多にそのような行為はしないはずだが。

「助けが必要な時はいつでも呼んでください」

俺だって積極的に手伝うつもりはないが、ローデシナをどうこうされては困る。それにさすがに二人で相手するつもりもないだろう。

「ふむ、ありがたい。困った時はまた頼む」

にっこり微笑むバストンと握手を交わし、ギルドを出る。まあ今回俺は足を引っ張っただけで何もしていないんですが。

「ドーマ、無事で良かった」

ギルドを出たところでラウラが言った。

「え？　ああ、助けてくれてありがとう」

そういえばお礼を言うのを忘れていた。俺としたことが。

ラウラはジーッとこちらを見つめると、何故か機嫌良さげにスキップし始めた。

よくわからないが、元気なら良かった。

空を見ると、夕暮れに近付いている。そう言えばニコラに食材の買い出しを頼まれたんだった。

ラウラを連れ、村の中心へ向かう。

改めて注意深く村を見ると、殺伐とした雰囲気を感じる。

時折冒険者や衛兵らしき人が、歩いている者を見て何やらヒソヒソ話しているのだ。

さっさと買い物を済ませてしまおうと俺らは肉屋へ。

「アンタたち、冒険者かい？」

「いえ違います。公務員です」

肉屋のおばちゃんに睨まれたのでニコニコ受け流した。

すると「ならいいんだよ」と態度が軟化する。冒険者ならダメだったのか？

公務員資格、ありがとう。王都の方に向かって感謝を捧げる。

「いやあ最近ここに来たばかりなんですけど、皆さん親切で良い村ですよね」

「……ふん、ならくれぐれも冒険者に近付くんじゃないよ」

「どうしてです？」

「アイツら、この村を牛耳《ぎゅうじ》ろうとしてんのさ。村長への大恩を忘れてね。カスみたいな連中だよ」

汚いワードが聞こえたので思わずラウラの耳を塞《ふさ》いだ。何もわかっていなそうなラウラはきょとんとした顔でこちらを見る。ふぅ、ずっとそのままで良いんだよ。

「ま、公務員ならバストンに従っときな。冒険者以外はいい村だよここは」

「ほい、サービス」とおばちゃんは注文の倍の量を渡してくれた。どうやら冒険者はこの村では相当嫌われているらしい。冒険者でないだけで仲間意識を持たれるほどに。

冒険者が治安を乱して住民と衝突することはままあるが、これほどの嫌われっぷりは異常だ。この村では冒険者を名乗らないようにしないとな。

バストンが早く解決してくれることを祈るばかりである。

☆

冒険者ギルドからドーマとラウラが出てくる。

その様子を森の中からこっそり覗いていた男は、近くの手下に合図する。

「……奴らを追え」

「ただの冒険者に見えますが？」

「それでも、だ。中立の立場にいるつもりなら警告してやらないとな」

手下は森を駆け抜けるように二人の冒険者を追っていく。

指示した男──組織の中で【王宮魔術師】と呼ばれる彼は、その様子を眺めながら薄ら笑いを浮かべた。

（グロッツォミエントからの報告は、とんだ収穫だったな。Fランク冒険者？　いや、奴らはただの冒険者じゃない。特に大杖を背負った、あいつだ。最初見た時、思わず見間違えたかと錯覚したよ。魔術師ドーマ。その顔と名前を忘れるはずがないだろう。思い出すたびに殺意を覚える憎きその姿を）

男は歯軋《はぎし》りする。

最初はまた同じ目に遭うことを想像し、震えていた。せっかく辺境の馬鹿共を利用して【王宮魔術師】に成り上がり、確立された居場所を、奴にまた奪われるのではないかと危惧《きぐ》し、眠れない日々を過ごしていたのである。

しかし、今や立場が違う。

（こちらの背後には巨大な権力と、辺境で冒険者をやることに飽き飽きしていたゴロツキ共もいる。いくら優れた魔術師でも、数で抑え込めばどうにもなるまい。今度は奴が追いやられる番だ。報い

を受けるべきなのだ、人は。魔術師ドーマ、今度はこちらが全てを奪う番だ）

「ギギギ、ググ、待っていろ」

目を見開くあまり、ブチブチと男の目元の皮膚が切れる。だが興奮している男は気付かない。

ローデシナには、暗雲が立ち込め始めていた。

5

ローデシナへやってきてからは、幽霊屋敷に足を踏み入れたり、元将軍様に襲われたりと慌ただしい日々が続いていたが、ようやく平穏な日々が戻ってきた。

そもそもローデシナで俺が描いていたのは、魔術研究を思う存分できる未来だった。

というわけで、広大な研究スペースを利用して様々な魔術を試してみる。

そもそも魔術というのは、ここ最近で大きく変化した分野なのだ。

それまでの魔術は詠唱すればほとんど誰でも利用できた。だが反対に、詠唱を覚えなきゃいけないし、詠むにも時間がかかる。その割に魔力消費が多くて数回しか使えないし、それほど効力が高いわけでもない。

魔術師といえばそんなイメージで、だからこそ世間では評価が低い。

だが十数年前の【魔法陣】の登場でその内実は変わった。

冒険者が使う『水の精霊よ、その豊潤なる力を〜』のような言葉によって発動される『以前魔術と呼ばれたもの』は、『言の葉によって導かれる魔の法』、つまり【魔導】と呼ばれるように。

これは何故その言葉によって効力が発生するのかも解き明かされてはいない、経験則に従った曖昧《あいまい》なものである。

それがここ十数年、体系的な研究が進み、それらを『魔法陣によって発生する魔の法』、つまり【魔術】と呼ぶようになったのだ。

それが何故周知されていないかと言えば、上層部が金にならんと判断したからである。

そのため正しい認識は少しずつしか広まっていないというのが、悲しき魔術の現状なのだ。

魔法陣の形を工夫することで魔術の幅は格段に広がり、そして二つの魔法陣を掛け合わせる『連立魔法陣』という技もできたというのに。

ちなみに、これを提唱したのは俺の師匠だ。

師匠は天才すぎて誰にも理解されず、他の魔術師たちに嘲られながらがら追い出され、その復讐のために王都の図書館を燃やした極悪犯でもある……おっと話が逸れた。

画期的な発明だった連立魔法陣も、実は今や最新の技術ではない。今は『複層式連立魔法陣』という連立魔法陣をさらに掛け合わせたものが開発されているのだ。とはいえ、どれだけ魔法陣を重ねられるかという記録の更新は、もう六年も止まっているが。

掛け合わせれば掛け合わせるほど、どこかのバランスが崩れて爆発したり上手くいかなくなったりして、匙《さじ》を投げる研究者が続出したのだ。残っているのは苦行が大好きな変態だけ。俺である。

「い、意味がわからないのです」

魔術の話を聞きたいというニコラにそんな話をしたのだが、プスプスと頭から煙を出して白目を剥《む》いている。

恐らくニコラは魔女様であるエリナーゼに関連した話を聞きたかったのだろうが、俺は魔術オタクなので口が止まらなかったのだ。すまん。

「ん？」

おいおい。なんか部屋が焦げ臭いと思ったら、洋館からも煙が出ているではないか。

そうか、ニコラは家と一体化しているから、ダメージすら共有されるのか。気をつけなければ。

この家で一番大切に扱われるべき対象がニコラになった瞬間である。

ところで、家の地下に残されていた『魔女様』ことエリナーゼの遺物はとても興味深いものだった。ただの落書きがあると思えば、最新の研究にも劣らない成果物が転がっていることも。

二百年前なんて魔法陣は『意味のわからない模様』と放置されていたはずなのに、彼女は大まかに解読しているのだ。

そのおかげで俺の研究は捗《はかど》った。今までは二十七層式連立魔法陣が限界だったが、二十九層式連立魔法陣にまで記録を更新。何度か失敗して爆発し、俺の体がバラバラになるなんて事故もあったが、大事なところが残っていれば魔術でどうにかなるのが凄いところだ。

だがニコラに一晩中説教された。悲しい顔までされたので少し反省する。

この家で一番怒らせてはいけないのはニコラだ。その次にラウラ。俺はおもちゃ。

ちなみに、二十九層式連立魔法陣で完成した魔術が顕現させるのは、『極限にまで小さくした水球に包まれる一粒の光球』である。

え？　何の意味がある魔術なのかって？　ただ綺麗なだけだよ。

そんな自己満足研究報告書を書いていると、一度出ていったニコラが慌てて部屋に飛び込んでくる。

「ご、ご主人様！　一大事なのです！」

「ん？　どうした？」

「家の庭に！　キノコが！　生えやがったのです！」

「キノコ？」

それがどうかしたのだろうか？　キノコなんてローデシナにはいくらでも生えている。

しかし、ニコラは何故かズビズビと泣きながら俺の服を引っ張った。

「うぅ～～、ニコラの作物がぁ～～」

「……とりあえず落ち着こう？」

頭を撫でると俺の服でゴシゴシ涙と鼻水を拭くニコラ。おい。

しばらくそのままにしていると落ち着いたようなので、ニコラを引き剥がして椅子に座らせる。

ちなみに、その椅子は十九層式連立魔法陣で作られた技術の結晶『普通の木の椅子に見えるけど実は素材が土！』である。幹部長に報告書を見せたらビリビリに破られた代物だ！

ニコラはようやく落ち着いて話し始める。

「……うぅ、実は料理に使うお野菜を育てていたわたしの大事な畑が、キノコに占領されているのです」

「キノコってのは、どこにでも生えるんじゃないのか？」

「そんなわけないのです!!」

勢い良く立ち上がるニコラ。

どうやら彼女は畑に並々ならぬ愛情を注ぎ、自分が好きな野菜を好きな量だけ育てていたそう。

雑草が生えないように丹精込めて管理していたので、キノコなんてもってのほか。

しかし、今朝畑の様子を見に行ってみると、なんとそこにはキノコに寄生されたあられもない姿の野菜たちが……ということらしい。

「うぅ〜〜酷いです……ニジ、タマ、カボ……」

野菜に名前をつけるほど愛情を込めていたのか。

そんな野菜を食べていたのかと思うと少しゾッとしたのは内緒にしておこう。

どんよりしたニコラの後について、畑へ向かう。そこには凄惨《せいさん》な光景が広がっていた。

所狭しと畑に生える野菜たち。その体だけでなく土にまで小さいキノコが寄生していて、みるみる野菜を萎《しな》びさせているのだ。

何というか、グロい。寄生ってのはこんな感じなのか。

「むきー!!　キノコなんて燃やしてやるのです!!　ボガートを怒らせるとどうなるかわからせてやるのです!!」

ダンダンと地団駄《じだんだ》を踏んだニコラは近くにあるキノコをむしり取って集め、火を放っている。

こ、怖い。目が本気だ。
ラ、ラウラさんはいないかえ⁉　ほのぼのした空間が必要だ。
「はぁはぁ、キリがないのです！」

悔しそうに、というか親の敵《かたき》もかくやという勢いでニコラはキノコを睨んでいる。

まずい、このままではニコラの人生は復讐《ふくしゅう》の物語になってしまう。キノコへの。

そんな悲しい人生——もとい、ボガート生は見たくない。

「まあ一旦落ち着いて考えよう。まずこのキノコはどこから来たのかとか」

「地獄に決まっているのです！　性格の悪いキノコがわざわざわたしを嘲笑いに来たのです！」

「落ち着こう？」

思想の強い人みたいになっちゃってるよ。

落ち着かせるために、魔術で温風を出してあばばばばとニコラを靡《なび》かせる。

瘴気《しょうき》が飛んでいったのか、ニコラは比較的マシな顔になる。

「はっ、わたしは一体⁉」

どちらが本性なのかは置いておいて、俺は推論を口にする。

「自然に生えたものではない、というのは正解かもな」

「むむ、どういうことなのです？」

「魔力が宿っているのが見える」

かなり見えにくいが、キノコの一つ一つが魔力を纏っているように見えるのだ。

魔力を纏うキノコ。普通の植物や、動物でさえも魔力を纏うことはほぼないが……キノコは？

キノコが魔力を持つ事例なんて聞いたことがないぞ。

「何らかの理由がありそうだな。例えば、野菜ではなく魔力に寄生しているとか」

当てずっぽうでそう言ってみると、ニコラはピコーンと何かを閃いたようだ。

「確かにそれはあり得るのです！　キノコが生えているのは家の周りでもなく森でもなく何故かこの畑だけ……おかしいのです」

つまり、キノコは野菜の栄養を狙ったのではなく、畑の魔力を狙ったというわけか。

嫌がらせか？　いや、いくらなんでも奇天烈すぎるだろう。

へへへ、嫌いなアイツにキノコを生やしてやるぜ！　なんて誰がやるんだって話だ。

となれば人為的でありながら作為的ではない誰かの仕業、か。

「まあ、魔力を追ってみるのが一番早いな」

キノコの魔力は小さな糸のようなもので繋がり、どこかへ伸びていっている。

この家ではない、森のどこかへ。

となれば彼女の出番だ。

「ラウラを呼んできてくれ」

俺が言うと、ニコラは胸を張る。

「そう思ってもう呼んであるのです！」

「ぶい」

いつの間にかラウラが隣にいた。思わず飛び跳ねる。

ニコラは最初、近くにいたラウラに助けを求めたらしい。しかしラウラは、剣でスパーンとキノコと野菜を分断したままでは良かったものの、そのあとは近くのアリの巣に心を奪われ、戦力外。

そうして俺のところへ来たというわけだ。

「アリの巣にはもう飽きたのか？」

「ありのす？」

もう忘れているらしい。わたしゃ怖いよ、君が。

ともかく、畑に泣く泣く残ったニコラを置いて、俺とラウラでキノコの魔力を追う。

細々と続く魔力の糸。その道なりに小さなキノコが生え、キノコロードと化している。

知識がないのでよくわからないが、美味しそうな見た目をしているものもある。

ほら、この木の根元に生えている赤色のキノコなんて見るからに美味そうだ——なんて手を伸ばすと、ラウラに手を掴まれた。

「なんだ？」

「だめ」

俺は大人しく従った。ラウラの直感は馬鹿にできないからな。

だが俺は信頼されていないのか、その後はずっと手を掴まれたままだった。

やむを得ないこととはいえ、距離が近い。近すぎて、微かな息遣いと体温を感じる。俺の歩幅の方が大きいので、合わせるのに少し疲れるし。ラウラの髪が揺れて首にあたるのが気になって仕方がない。少し汗と混じったような甘い匂いがする……なんて雑念ばかりが浮かぶ。

ラウネにバレたら滅多刺《めったざ》しにされそうだな。

そうしている間に、糸の大本についたようだった。

「な、なんじゃあこれは」

森の奥地。木々が開けた森の中の広場のような場所の、その中央。

そこにはなんと巨大なキノコが自生していた。

洋館より高さがあるだろうか。白いキノコの幹の上に、笠がたくましく広がっている。

近寄ると、薄らキノコの香り。何とも食欲をそそる魅力的な香りだ。

「まって」

そうラウラに呼び止められて、初めて足が動いていることに気が付いた。香りに誘われて自然と足が動いていたみたいだ。

「ん？」

そんな俺の隣を、一匹の狼が呆けた顔をしながら追い抜いていく。

目をトロンとさせ、口からだらしなく涎《よだれ》を垂らしたそいつは、そのままキノコへ近付いていって……パタンと倒れた。そして、しなしなと狼は萎びていく。

な、何だあれは。

ラウラがいなかったらあんな風にキノコの養分になっていたかと思うと、背筋が凍る。

キノコは魔力を吸っている、という仮説はどうやら正しいらしい。

狼の死体の上にはポンとキノコが生え、その生命を輝かせるべく、天高く伸びている。

なんてキノコだ。このままではニコラの野菜がやがて全滅し、彼女はキノコに復讐を誓って破滅するだろう……嫌すぎる。

俺は決意を胸に言う。

「よしラウラ、今日の夜はキノコ料理だな」

「キノコ嫌い」

成長期なんだから好き嫌いはダメだぞ。

ラウラは本当によく食べ、そして嫌いなものをよく残す。特に根菜系は苦手だ。

ニコラが根菜を毎回潰してスープに溶かしているのを見ると、陰の努力に涙が出てくるぜ。

それはともかく、魔力視で観察した結果、キノコの表面に沿って魔力がゆらゆらと揺れているのがわかった。

魔力量は大したことない。これならば燃やせば終わりそうだ。そう思って火系統の魔術を放ったのだが、弱々しい炎がふわふわとキノコを撫でただけだった。

それを見て、ラウラは首を傾げる。

「ドーマもキノコ嫌い？」

「大好きだ」

どうやらキノコが魔力を吸うせいで、魔術の威力が落ちてしまうらしい。

今にもラウラがキノコを両断しそうな気配を出しているが、最近頼りっぱなしなのでここは一人で何とかしよう。つまり、威力が弱ければ数を増やせばいいのだよ！

「ふんっ！」

俺はありったけの魔術を展開する。

目の前に、空中に、キノコの周りに。至る所に展開された魔法陣の総数は六十。

流石にこれだけあれば、香ばしい焼きキノコを作れるはずだ。

「伏せて」

しかし、ラウラに無理やり押し倒されて魔術は発動されることなく、魔法陣は霧散した。

一拍遅れて頭上を、何かが通り抜ける。

それは、死んだはずの狼だった。魔力や養分を吸われ、ガリガリの体になった狼は頭にキノコを一つ乗せ、ふらふらとした足取りにもかかわらずこちらを睨みつける。

「あ、操られているのか!?」

「気持ち悪い」

ラウラはズバッと容赦なく狼の首を刎《は》ねた。流石の男気である。

しかし、狼の首は生きているかのようにピョンピョンと跳ねながらこちらへ近付いてくる。

どうやらキノコが本体のようだ。

であれば話は早い。キノコを火魔術で燃やすと、狼の首はパタンと力を失った。

「ん？」

気付けば、そんな狼のようにキノコを頭に生やした動物たちが俺たちを取り囲んでいる。みな、目に生気がない。キノコに養分にされた動物たちは、死んだ後まで利用されてしまうらしい。

これはキリがないな。

「ラウラ、俺は本体を燃やすから小キノコは頼んだ」

「ん」

そう言ってラウラはキノコと踊る。

斬る。飛ぶ。避ける。動く。

蝶のように動物たちの間を縫いながら、ラウラはキノコだけを綺麗に両断していく。

彼女に負けていられないので、俺は先ほど構築していた火魔術を完成させ、大キノコに放った。

「ノコオオオォォォ」

そんなキノコの悲鳴が聞こえる。

ん？　キノコの悲鳴？

キノコが丸焦げになると、周囲の動物たちはパタリと行動するのをやめた。

どうやら本体を倒せば良かったようだ。

プスプスとキノコから煙が出ているが、正直まだ不安だ。

死んだ生き物を操るほどの力があるのだ。炭になるまで燃やさないと生き返るかもしれない。

俺は再び魔術を展開して――

「ま、待って！　待ってくださいいいいい」

そんな声とともに目の前にずさーっと何かが滑り落ちてきた。

「な、何だお前は！」

俺は思わず叫んだ。

目の前にいるのは、初めて見る生物だった。頭に大きなキノコのカサを被り、全身にワンピースのような何かを纏っている不思議な少女が、青色の目を潤ませて土下座している。

「人間さん許してください」

頭を下げたことにより、大きなカサからは白くて長い髪が溢れて、バッサーと広がっている。

「私はキノコの妖精、ノコと言います。偉大で寛大なる人間さん、かわいい私を許してください」

なんだか図々しいキノコである。

「まずウチの畑にキノコを寄生させたのはお前か？」

「はっ、それは違います。私が寄生したのは偉大な人間さんではなく矮小《わいしょう》なボガートの家。つまり、私は許された？」

「それは俺の家だ」

「誤解です」

何がだよ。

あわあわと慌てるキノコの妖精を他所《よそ》に、頭のキノコがどうなっているのか興味津々なラウラはつんつんとそれに触っている。

「ノコは確かに美味しい畑に寄生しました。でもそれはノコが生きるため。もしかして私は許され

る？」

「弱肉強食ってことかね？」

「誤解です」

俺が火をちらつかせるとキノコの妖精——改めノコは再び土下座した。

だが相手が違う。それをニコラに捧げなければ、復讐の未来を覆せないのである。そう言うと妖精は不可解な顔をする。

「私が矮小なボガートに？　ノコは高貴なる妖精。キノコの誇りにかけて、ボガートに頭を下げるなど、人間さんの頼みとはいえ断固お断りです」

「……ほう？」

「やりますやらせてください」

キノコの誇りはどこへ。しゅんとしたノコは、観念したように大人しくなった。

それにしてもキノコの妖精なんて聞いたことすらなかった。

だが魔力を吸い取り、動物を操るという所業だけ見れば、説得力はある。

そんなノコは、ラウラの剣捌きがトラウマになったのか、彼女の腰元の剣を見るたびにビクゥと身震いしていた。哀れなり。

帰り道、ノコに話を聞くと、どうやらこの森へは数日前にやってきたばかりらしい。というのも親の妖精に「そろそろ独り立ちしろ」と実家を追い出され、泣く泣くこの辺に住み着いたようだ。

妖精も人間と変わらないんだなあ。

「ノコは高貴なる妖精。元気だったら人間さんにも勝ってました」

そんな負け惜しみを言いつつ、素直に後をついてくる。

ちんまりとしたラウラより、さらに小さい十歳ぐらいの背丈なので、歩くペースは遅い。というより、俺の魔力を吸いながら歩いている……ちゃっかりしていやがるな。

「む‼　待っていたのです‼」

家に辿り着くと、ニコラが仁王立ちして待ち受けていた。

ゴゴゴと洋館の上空は荒れ、ピシャリと雷が落ちる。天候まで操れるのか？

そんな中、ノコは土下座した。本当に仕方なく渋々と。のっそりと動くその様は、逆に挑発しているんじゃないかと思うほど、腹立たしい煽《あお》り土下座だった。

「お、お前がわたしの愛する野菜を！　許さないのです！」

ビシッとニコラはノコを指さした。

しかしノコも負けてはいない。ふん、とそんなニコラを鼻で笑う。

「矮小なボガートが何を言いますか。キノコは野菜より優れている、これは常識。私は許される」

「ぐぬぬぬぬ‼」

これは、なんだ？　よくわからない争いが目の前で勃発しようとしている。

ボガートも家の妖精だ。妖精同士の会話はもっと穏やかで然《しか》るべきなのに、実際はなんとも醜《みにく》い。

「まあまあ落ち着け。元はと言えばキノコがウチを荒らしたのが原因だ。わかるだろ？」

「もしかして私は許されない？」

どうしてそれで許されると思っていたんだよ。

ノコはしょぼーんと肩を落とすと、すぐさま何かを思いついたように顔を輝かせた。

「ならこの高貴なるノコがこの家に住んであげましょう」

「は？　どうしてそうなるのです？」

「はあ、これだから矮小なボガートは。いいですか、キノコは野菜より上位。従って野菜をより良く育てるなんて楽勝。私は許されます」

「ぐ、ぐぬぬぬぬ‼」

口喧嘩に弱すぎるニコラはまんまと丸め込まれそうだ。まあ俺としては円満に解決するなら何でもいいが。

あの大きな家に三人だけというのは少し寂しいとは思っていたのだ。

動物を操るとはいえ、ノコは弱いし俺とラウラなら御するのは造作もない。

弱きを挫《くじ》き、強きに媚びる典型的な小悪党みたいな奴だからな。

「でもノコはそれでいいのか？　森の方が住みやすいんじゃあ」

「優秀なノコはどこにでも適応できます。妖精の力を使ってあげてもいいです」

「本音は？」

「人間さんの魔力に寄生すれば美味しい思いができます！」

おい。ダメダメ妖精じゃないか。独り立ちどころか、全面寄生の構えである。

すると、ニコラが異を唱える。

「む!! 何を言っているのです！　ご主人様の魔力はわたしのものなのです！」

「いえ、人間さんの魔力は私のものです」

「ニコラの！」

「私のです」

ギャーギャーと二人は仲良さそうに戯れ合っている。ある意味微笑ましい。

やめて！　私のことを取り合わないで！

と言いたいところだが、本当に取り合っているのは俺ではなく俺の魔力なのだ……

少し落ち込んでいると、ラウラが俺の腕を掴んできた。

まるで「わたしがいる」と言っているかのように。
ラ、ラウラ！
「ドーマ、お腹すいた」

おおーい！


結局、キノコの妖精ことノコは家に住み着くことになった。

ニコラは畑の肥料を提供するならという条件で、渋々承諾。

「部屋？　いりません。ノコはキノコ。土があればそれでいいです」

「もう！　仕方ないのです」

ニコラはそう言って、ノコのために中庭の一角まで用意してあげていた。なんだかんだ優しい。

なんだか、ニコラとノコは姉妹みたいだなーと思う俺だった。


そして夕食。

三人から四人になった食卓には、キノコ料理がズラリと並ぶ。ニコラはふふんと胸を張った。

「わたしの自信作なのです」

「これって共食いじゃないのか？」

俺が聞くと、ノコは鼻を鳴らす。

「いいえ、ノコは高貴なる妖精。ただのキノコと一緒にされては困ります」

そう言うノコとラウラは、躊躇せず一瞬で並んだ料理の半分以上を胃の中に収めた。

「む、矮小なボガートにしてはやりますね。料理に関してはこのノコが褒めてあげます」

「不味いなんて言ったら叩き出してやるのです！」

食べている最中にもノコとニコラはこんな感じで口喧嘩したり、一つしかないパンを取り合ったりしていた。ちなみに、パンが一つしかないのは、ラウラがほとんど食べたからだ。


夕食が終わり、それから数時間騒がしい時間が続いた後、ようやく深夜になって洋館が寝静まる。

ニコラは寝るのが早い。そして早起きだ。まあそうは言っても、夜中に洋館の中を歩くとふと背後に立っていたりするので、完全に活動を停止しているわけではないらしい。怖いのでやめてほしいが。

ラウラは当然早寝早起きだ。清く正しい王宮騎士なので、規則正しい習慣が身に染み付いているのだろう。

ノコは夜になると中庭に行き、ボンッと大きなキノコの姿になるとそのまま寝る。

本当の姿はキノコなのか？　人化した姿なのか？　いずれ聞いてみなくては。

そして俺は、皆が寝静まってから洋館の大浴場に行き、一人風呂に入るのが習慣になっていた。

この時間にぼーっと気力を養うことが、昼間の活動エネルギーの元なのだ。

ゆらゆらと湯面から立ち上る湯気を眺めながら、体を伸ばす。

ところで、気が付けば家に住む人は俺以外みんな女性だな。

ニコラとノコは子供だし、ラウラも子供みたいなものだから、構いやしないのだが。

だが、こう……腹を割って話せる、頼れる相棒！　みたいな奴が欲しいなあ。

そういえば、田舎に行ってデカい屋敷を買うという夢は叶った。ただ、デカい犬と戯れるという望みは叶っていないじゃないか。

これだ！　今の俺にはもふもふが足りない。今度はもふもふを探すか！

6

王国の北部に位置する帝国の執務室にて。

一見そうとは見えないが高価な家財で溢れたシックな部屋に、男が一人座っている。

男の名前はヨーゼル三世。帝国の長――皇帝である。

そんな彼の前には一枚の紙が。

長きにわたって戦争を続けていたものの、現在は比較的良好な関係を結んでいる王国からの手紙だった。

その内容は、『停戦十周年記念パーティーへの参加要請』である。

「嫌だなあ～」

皇帝が呻《うめ》くように言うのを、後ろに控える秘書が窘《たしな》める。

「何をおっしゃるのですか陛下」

「いや何が記念パーティーだよ～しかも大事な皇女にまで参加要請してくるしさ～王国ってほんと意地汚いよね」

（いやいやそういう次元の話ではないでしょう）

秘書はそう思うが、表情には出さない。

今度の記念パーティーは、停戦を継続させるための重要な外交の場になる。

前回の戦争はお互いの痛み分けに終わったが、次はどうなるかわからないのだ。

しかも王国は、皇帝の三人の子供のうちの一人、アレクサンドラ皇女の出席要求までしてきている。

王国の王子は現在十二名。体調を崩している現国王の後釜になるための出世レースで優位に立つべく水面下で帝国と婚姻関係を結ぼうと、ドロドロした兄弟合戦が起こることは自明と言えた。

「かわいいサーシャを、王国の狼どもの前に差し出すわけにはいかないよねえ？」

「しかしそれも皇族の公務のうちでしょう」

「そうかな～～？」

ぐでーっと、威厳も何もなく、皇帝は机に突っ伏した。

秘書は言う。

「腕の立つ護衛を付けましょう」

「いや～～勝手の知らない王国だよ～～？　本来の力を発揮できるかな～～？」

いつものことなので、秘書はこの程度では腹を立てない。

握っていたペンをバキッとへし折った程度である。

「それならば信頼できる王国民に協力してもらえば良いでしょう」

「そんなのいないでしょ～。信頼できる王国民で？　サーシャを守ってくれて？　護衛するほど実力がある奴？　そんな都合のいい奴いるわけが――」

言いかけた言葉を呑み込み、皇帝は黙る。秘書の思惑通りだ。

そして、皇帝は口を開く。

「いたわ。アイツねアイツ。名前なんだっけ」

「と、思いましたので王国から情報を仕入れておきました」

「流石だね〜仕事ができるね〜」

そう言って秘書が差し出した書類には、ある男の名前と、その経歴が記されている。

王国エリナ地方出身。『賢者リタ』に師事。帝国魔術学園飛び級首席卒業。最年少国家魔術師合格。最年少王宮魔術師合格。十七歳にして首席魔術師に任命……といった華々しい経歴に目を通し、皇帝は口角を上げる。

「相変わらず嘘みたいな経歴だね〜」

「ええ、ですが学園で級友でした皇女殿下とは親しい関係にあったと聞きます。彼ならば問題はないでしょう」

「まあ彼なら問題はないね〜ってうん？」

皇帝は経歴の一番下、その文章に思わず目を取られ、首を傾げる。

『諸事情によりローデシナ左遷』という、およそ煌びやかな経歴に似合わぬ文言が並んでいたのだ。

それを見た秘書が、苦笑しながら言う。

「私にも何故左遷されたのかはわからなかったのですが、どうやら事実ではあるようです」

「彼って首席魔術師じゃなかった？」

「ええ」

しばらく戸惑いの表情を浮かべていた皇帝だったが、少ししてにかっと笑う。

「じゃあさ～今回の一件でこっちに取り込んじゃうか！」

「……ご冗談を」

「王国が要らないって言うなら、欲しいよね～」

「それはそうですが……」

目を見合わせて、二人は「ははは」と揃って笑う。

そんな時、慌ただしいノックの音が執務室に響く。

「緊急！　緊急の知らせがございます！」

「入れ」

入ってきたのは、他でもない皇女アレクサンドラの使用人である男だった。顔面蒼白の男は、皇帝の前に跪《ひざまず》き、青い顔で、取り乱しながら言葉を紡ぐ。

「こ、皇女殿下が、出奔《しゅっぽん》いたしました！」

「ん？」

「な、何ですって!?」

皇帝と秘書がそれぞれ声を上げる。

使用人の男は、恐る恐る一通の手紙を差し出す。

皇帝自らそれを奪うように手に取って慌てて広げると、そこには『旧友に会いに行く』と書かれていた。

秘書の顔が真っ青になる。

昨日、手に入れた情報をアレクサンドラ皇女に伝えてしまったことが彼の頭を過《よぎ》ったのだ。ただ、旧友の近況を知りたいだけなのかと思ってそれを伝えた己の迂闊さを呪う他ない。

秘書は、動揺をどうにか抑え込み、努めて冷静に使用人の男に問う。

「もちろん護衛は付いているんでしょうね？」

「は、はい！　ナターリャが付いております」

あの女が付いているなら死ぬことはないだろうと、秘書は安心する。

ひとまず状況が整理できたのを見て、皇帝は手をパンと叩く。

「まあこうなったら仕方ないね～ローデシナからそのまま王都に行けって伝言飛ばしといて～」

「は、はっ！」

礼をしてから執務室を後にした使用人の背中を見ながら、秘書は尋ねる。

「良いのですか？」

「彼なら何とかするでしょ」

幼少期に『烈火姫《れっかひめ》』とあだ名が付くほど苛烈《かれつ》な性格をしていたアレクサンドラ皇女に勉強を教え、退学させないどころか、学園三位まで成績にまでを上げた男。そんな彼に、皇帝は絶大な信頼を寄せていた。

成績だけではない。それ以降『烈火姫』は、すっかり――とまではいかなくとも多少鳴りを潜め、皇女として模範的な行動や態度を示せるようになったのだから。

とはいえ、今回の一件があったのでなんとも言えないが。

「頑張ってくださいね、ドーマ君」

これから到来するであろう数多の苦労を予想して、秘書は同情するようにそう呟いた。

☆

「ん？　風邪か？」

唐突に寒気がしたのだがどうしたのだろう？　まあいいか。

一週間ぐらい経って、俺、ドーマの魔術研究に目途が付いた。といっても、実質半歩も進んでいないような進捗ではあるが、部屋に閉じこもっていても進む気がしないのだ。

というわけで、気晴らしに出かけようと、ラウラとノコを探す。

まず、ノコを誘う。

「ノコは面倒なのでいいです。家で魔力を吸うのが一番です」

頭のキノコをピクピク動かしながら、何故かエプロン姿のノコはしれっと言う。

引きこもりか？　コイツ……魔術師の才能、アリ！

ラウラはというと、飽きないのか毎日庭で剣を振っている。

夏も終わりが近付いてきて、少しずつ肌寒くなってきてはいるが、依然汗ばむくらいの気候ではある。

汗びっしょりのラウラは俺を見かけるとスタコラと近寄ってきて、急に止まった。なんだ？

「ラウラ、気晴らしにどこか行かないか？」

「……ん、お風呂いく」

「え？」

よくわからないが、ひゅーっとお風呂に駆け込んでいったラウラをしばらく待つ。

少しして、ラウラが水を垂らしてやってきた。

世話役のニコラがいなかったらしく、水も滴《したた》る良い女になっている。

「拭いて」

「はいはい」

ここで直《じか》に触れてしまうと牢獄《ろうごく》にガシャンなので魔術を使って髪を乾かし、仕上げに全身に温風。

ラウラはひたひたからほてほてへと進化した。

それにしてもラウラは薄い服しか身に着けず、軽率なボディタッチが多いので扱いには注意が必要だ。捕まらないためにな。

「そういえばニコラが呼んでた」

「はいは……先に言いなさい」

上機嫌で先導してくれるラウラ。だんだんお姫様度が増してきたが、これでいいのかラウネ。

「ニコラ、呼んだか？」

「待っていましたご主人様！」

台所へ行くと、エプロンを着けたニコラがドンと立っていた。

側には雨でも降っているのかと思うほど暗い表情のノコがどんより座っている。

「な、何かあったのか？」

「キノコの妖精は料理が下手だということがわかったのです」

「ああ……」

さっきノコがエプロンを着けていたのは、そういうことだったのか。ラウラの風呂を待っている間にそんなことが……

そんな風にぼんやり思っていると、ニコラは話題を変える。

「と、それは本題じゃないのです！　問題発生なのですよ！」

「問題？」

「実はこの家には牧場があるのですが、この間家畜が大繁殖して土地が足りなくなってしまったのです！　ご主人様！　牧場を拡張して、大牧場を作りましょう！」

まさか、本当に牧場があるとは……

それから今度はニコラの先導で、一回地下に下り、そして再び一階へと上がる謎の道を通って牧場というより中庭のような場所に辿り着いた。空も見える。

何故こんなわかりにくい場所に作ったのかというと、例の魔女様が動物を実験に使ってしまっていたからバレないように飼っていた、ということらしい。

俺も同じと思われていたのかな？　まあ、俺も使う時は使うけどな。

「確かにこれは手狭だな」

俺が言うと、ニコラは深く頷く。

「なのです」

中庭の牧場で飼っている動物は、牛、豚、鶏というオーソドックスな三種類だ。

なんでも規模を拡大できた暁《あかつき》には羊や鵞鳥《がちょう》、家鴨《あひる》なども飼いたいらしい。

うん、もはや専業畜産家である。

「何故だか繁殖力が高くて困っているのです」とはニコラの言。

それ、結構高値で売れるんじゃないか？　と思ったが、彼女は動物にも名前をつけて大切に育てているそうなのでやめておいた。

ニコラの考えでは牧場を中庭から外に出したいらしい。

動物も何故か魔力を食べるらしく、消費量が半端ではないそうだ。もしかするとそれが高い繁殖力の秘訣かもしれないが、ニコラに負担がかかってしまうのであればやむを得まい。

豚なんかは森や草原に一定期間放し飼いをする。近くに『大森林』があるのはちょうどいい。

というわけで、洋館近くで大牧場作りがスタートした。

まぁ大仰に言ってみたものの、作業自体は簡単だ。ラウラがスパーンと木を切り落とし、俺が魔術で残った切り株部分を掘り起こす。

その後、土魔術で綺麗に整地して、ラウラがサクサク切って作った木の柵を設置して完成。

昼前には中庭の五倍の広さの大牧場が完成した。

この辺の土地、もらっといて良かったな。

「これならいくら繁殖させても大丈夫なのですね！」

と嬉しそうにニコラはほくほくしているが、限度はあるからね？

こうしてゴーストヒルの北に大牧場ができた。


その後、伐採《ばっさい》した木のうち、使わなかったものを西エリアに運んでいると、木の中から妙な魔力を感じる。

この木、どこかで見たことがあるな……

そう思い、トゲの生えた皮を剥いでみると、滑《なめ》らかで美しい木目が姿を現す。

まるで一種の魔法陣のような木目のこの木は、魔樹《まじゅ》カリオテという材木だった。

魔樹カリオテといえば、魔力伝導が高いことで有名な、杖や魔導具の原料になる高級木材である。

滅多に生えてないから一本の丸太で金貨二十枚は下らない。そんな魔樹が一本、二本……うん。数え切れないほどある。なんでこんな所に。

「は？　今度はなんだ？」

また魔力の流れを感知したのでゴーストヒルの西側に行くと、見覚えのある岩が転がっていた。

黒い表面は炭のようで、半分にかち割ってみると断面は美しい大理石のよう。中まで黒いものもあれば、中心が白いグラデーションになっているものもある。

うん。間違いない。これはタディアス鉱石だ。この鉱石は魔力伝導が高いことで（以下略）。

魔樹カリオテもタディアス鉱石も、高級素材だぞ？　その辺にゴロンゴロン転がっていていいものじゃないだろ。王都に持っていけばこれだけで残りの人生遊んで暮らせるんだが。

「ご主人様？　どうしたのです？」

ニコラが十本ぐらいの丸太を担いで運びながら、声をかけてきた。

流石ボガート。一部の地方では力持ちの石鉱夫を「ボガート」と呼ぶらしいが、それは紛れもなく本人たちが力持ちであるからだ。

ニコラに事情を話すと、よくわからなそうな表情で「こんな木片や石ころが凄いのです？」と返ってきた。

そういえば、人間は言の葉や魔法陣を媒介として魔の法に触れなければならないが、魔の法が具現化した存在である精霊や妖精は、別に言の葉も魔法陣も、杖も魔導具も使う必要がない。

「こんなのいくらでも使っていいのです」

「それは魔術師としては凄く嬉しいな」

「地下の倉庫にもたくさんあるのですよ？」

なんでも洋館を拡大するにあたり、邪魔なものを地下にしまっていたらしい。

ま、まだあるの？　正直こんなに持っていれば誰かに狙われそうで微妙に怖い。

だが、あるものは有効活用しなければ。

業者としてどこかに卸《おろ》してもいいのだが、自分で魔導具工房をやってみたい気持ちもある。

基本的に物を作るのは好きだ。

過去にも魔導具を作ったことがあったが、素材が高いので数個で断念していた。しかし、これだけ素材があるのならば話は別だ。高級素材の魔樹カリオテとタディアス鉱石。手付かずだからか、品質も高い。これで魔道具を作れば、物によっては金貨二百枚、いやもっといくかもしれない。

そこで俺はあることを思い出す。ボガートや妖精の類《たぐ》いが長年愛着を持って過ごした場所では、魔樹や鉱石が生まれやすいって何かの本で読んだことがあるぞ。

つまり、二百年もここを愛し守り続けてきたニコラのお手柄だということだ。ニコラの愛の結晶。そう考えると尚更大事に使わなくては……なかなか重い事実だぜ。

一旦少量だけ素材を採取して、これから実験的に魔導具を作っていこう。

必要な道具をグルーデン辺りから取り寄せて、ゆくゆくは洋館の西に俺専用の魔導具工房を建設したい。魔力に満ちた空間にしたいので、小屋の建材に魔樹を使うという、見る者が見れば卒倒しそうな高級仕様にするつもりだ。

流石に一晩では建てられないので、ニコラと計画を練る。

ここはこうした方がいいとかあそこは頑丈にとか、ニコラは建築のプロのようで頼もしい。

大体一週間くらいで完成させられそうだな。

そうしていると、少し不満そうな顔をしたラウラが俺の服を引っ張ってくる。

「ドーマ、お出かけは？」

「あ、忘れてたな。また今度でいいか？」

気晴らしはできたし、正直もう良いけど。

なんて思っていると、ラウラが無表情のままぷくーっと頬を膨らまし始めたので、俺は慌てる。

「工房が完成したらどこかへ行こうな！　な！　必ず！」

「早くして」

姫はお怒りのようだったが、ギリギリセーフだった。

これは何かラウラが喜ぶ魔導具を作ってやらないと。


当初は一週間程度で完成させる予定だったが、魔導具工房は結局三日くらいで完成した。

外観こそただの小屋でしかないが、建築素材は魔樹カリオテで、さらに強度を上げるため各所に魔法陣を刻んである。

ニコラの計算では、咄嗟の爆発で俺が三回バラバラ死しても大丈夫なぐらいには頑丈らしい。

俺は大丈夫じゃないけれども……

製作に必要な特注の魔道具である机も、同時に到着した。

小さい飛竜が洋館の上を飛んだかと思うと、太い糸で縛られた荷物がガシャンと落ちる。開封してみると、総額金貨百五十枚もの特製魔導具が包まれており、絵葉書が同封されてある。

そこに描かれていたのはヨルベのボーイフレンド（絵）だった！

遠方のヨルベに感謝を捧げ、早速魔導具を設置する。

机の上部には魔法陣を彫るための尖頭物《せんとうぶつ》が付いている。

眺めてみると、なるほど最新鋭の魔導具だけあって品質が良い。机の脚は魔樹カリオテ製だし、尖頭部にはタディアス鉱石が用いられている。台座やほとんどの部分は普通の鉱石や木材だが十分と言える。

そこまで観察してふと思いつく。これって、上位互換を作れるんじゃないか？　と。

魔樹カリオテとタディアス鉱石だけを使えば、性能は飛躍的に高まるはずである。

「……」

こっそり作ろう。

上位互換を勝手に作り出したとあれば、魔導具ギルドに命を狙われるかもしれないので。

さて、工房も完成したので早速魔導具を作るか——と言いたいところだが、ラウラとの約束があるので、彼女への献上物をささっと作ろう。

この三日間、「早く」と急かすような圧を感じていた。ラウラが魔力をモヤモヤと募らせていると、ノコがビクビクして野菜の育ちが悪くなると、ニコラに怒られた。とんだ二次災害である。

すぐさま作業を終え、工房を出ようとすると、ラウラが目の前に立っていた。

ジーッとこちらを見上げて、無言で立ち尽くしている。

こ、怖いんですが。

「待たせたな」

「すごく待ってない」

「悪かった。じゃあこれはお詫びだ」

そう言ってラウラに献上物――もとい指輪を手渡す。

純度の高いタディアス鉱石を削り、数多の極小の魔法陣が刻まれている。

厄除《やくよ》けのお守りのようなものだ。

タディアス鉱石は純度が高いほど白くなり、ラウラに渡したものは真珠のような見た目をしている。指輪の腕の部分はもちろん魔樹カリオテだし、素材だけ豪華な一品だ。

「……」

しかし、ラウラは指輪を手のひらに載せ、それをじっと観察しているだけで無言のままだ。

もしかして不評だったのか？　こんなもん王都にいくらでもあるわいと。

そう言われたら、俺はもう立ち直れないかもしれない。

「きれい」

ラウラは一言、そう呟いた。

ホッとする。どうやらゴミ箱直行便ではなかったようだ。というより、女性へのお詫びにアクセサリーは良くなかったのかもしれない。好みがあるからな。要反省だ。

そんな風に考え込む俺を見て、ラウラは指輪を中指につけてもう一度見つめてから「きれい」と口にして、ぼてっとこちらに寄りかかってくる。

体温を感じるし、小さな鼓動が聞こえてくる。

「……このままじゃ、ラウラのお姉様に殺されてしまうんですが？」

「どうぞ」

どうぞ……どうぞ⁉

ラウラはスッと俺から離れ、くるくると回って庭の方へ駆けていく。

よくわからないが、どうやら気に入ってくれたようだ。

洋館の陰で、ニコラが「はあ、やれやれなのです」みたいな表情をしていた。

心配をかけてすまない。


それから俺とラウラは家を出たのだが、すぐさま大きな課題にぶち当たる。

「お出かけ」ってどこに行けばいいんだ？　という大問題だ。

ローデシナに来たは良いものの、村のことを碌《ろく》に知らない。

こういう時はバストンだな。きっと村の名所を教えてくれるに違いない。

上機嫌でスタコラと先を進むラウラを追いかけて、ギルドへ向かった。


「君はボクの言うことが聞けないと言うのか？」

冒険者ギルドに入るなり、そんな声が聞こえた。

ギルドの中が少しざわめいている。

だが、ラウラは意に介さず、トコトコ入っていくので仕方なくついていく。

グロッツォミエントの姿があったが、俺には気付いていないみたいだ。

「ふむ、だからその話は断ると言っている」

「いや君に断る権利なんてないね！」

受付では、ジャラジャラしたアクセサリーを全身に身につけ、高貴そうな服を来た男がバストンに詰め寄っていた。

うげ。何やら取り込み中のようだ。冒険者ギルドっていつもこうだな。

回れ右してギルドを出ようとすると――

「同胞ドーマ！」

バストンに見つかった。

げんなりしながら振り向くと、にっこにこのバストンが手を振っている。

俺たちは恋人同士か？

「何ですか？」

「良いところへ来てくれた」

「おや、このボクが話している最中なんだが？」

ダンッと男は怒り混じりに机を叩き、俺をぎろりと睨む。

怯《ひる》む俺。微笑むバストン。

歳は俺の少し上ぐらいだろうか。二十代前半に見える。

「ふむ、先ほどの話の続きだ。彼を紹介したい」

「何の話ですか？」

よくわからないまま尋ねた俺を、男がジロジロと値踏みする。そしてぎろりとバストンを睨んだ。

「意味がわからないな！　Fランク冒険者じゃないか！」

「ふむ、そうだ。形式上はな」

「はあ？」

相変わらず俺の襟元《えりもと》では、Ｆランクバッジがピキーンと存在感を発揮している。

何故つけているのかと言われれば、ギルド規則に『余計な諍《いさか》いを避けるために、ギルド内ではバッジを着用すること』とあるからだ。

余計に諍いを生んでいる気がするが、気のせいだろう。

「話が見えないんですが？」

俺が言うとバストンは軽く頭を下げる。

「ふむ、すまない同胞よ」

そして目の前の男を紹介してくれた。

男の名はトーマソン。身分は――

「村長の息子？」

「ハハハ、そうだ。見たまえこの財力の象徴を。このアクセサリーは王都の特注品でな。知っているかね？　この世には貧乏人には手が届かない魔樹カリオテという素材があるのだよ！　ハハハ！」

トーマソンはジャラジャラと腰につけたアクセサリーを見せびらかす。

以前の俺なら少しは驚いたかもしれないが、もう麻痺《まひ》して何も感じないぜ！

「わあ、すごい」

「ハハハ！　素直でよろしい」

上機嫌になったトーマソンは、ぺらぺらと今回の経緯を話してくれた。

トーマソンは男爵位。そんな彼が何故わざわざ冒険者ギルドを訪れているのかと言えば、村の近くに現れた、はぐれヘルハウンドの討伐を依頼したいのだそう。

「一刻も早く退治しないと村の危機に関わる」

と、バストンが付言した。

なんだ。村のために依頼しに来るなんて、いい奴じゃないか。

なんて思っていると、トーマソンは不遜に言う。

「だからSランク冒険者にお願いしたいと言っているんだ。もしくは、バストン。君自身が討伐してくれても構わないよ？」

「この村にSランク冒険者はいない」

「じゃあ君がやるしかないよね？　ギルド職員なんだから」

トーマソンがニヤリと笑うと、それに合わせてクスクスと後ろで冒険者連中がほくそ笑んでいる。

なるほど。よくわかった。トーマソン、どうやら彼もあちら側の人間らしい。

大の男が数人がかりで陰湿なことをするなんて、情けない話だ。

「だから無理だと言っている。ヘルハウンドはAランク冒険者パーティが討伐する魔物だ。不可能なことを言われても困る」

バストンはきっぱり断った。

しかし、トーマソンは脅すように呟く。

「バストン。確か君の妻は父上の屋敷で働いているんだったね？　娘は？　今は一人かな？」

ピクリと、バストンの拳が僅かに動いた。

全身の魔力がゾワッと増幅し、怒気で空気が震える。

……はあ。仕方ない。

「じゃあ俺がやりますよ」

「ん？　何をだね」

「ヘルハウンドを討伐すればいいんですよね？」

「はあ？　君はFランクだろ？　何を言っているんだい？　ハハハハ！」

ヘルハウンドといえば犬の形をした妖精、という認識だが、最近の研究では妖精ではなく魔獣とされている。理由は知能が低いからだ。ひどい。

そんな相手である。楽勝だろう。

ヘルハウンドと言えば八歳の時、師匠に百匹のヘルハウンドが詰まった穴に蹴落《けお》とされて死にかけたよなぁ……あれは流石に怖かった。

「は？　正気かね？」

俺が発言を翻《ひるがえ》さないのを見て、トーマソンは少し驚いているようだ。

「何がですか？」

「ヘルハウンドって……ヘルハウンドだぞ⁉」

そうだな。まさかそのヘルハウンドは俺の知るヘルハウンドとは違うのか？

「ダメなの？」

ラウラも同じことを思っていたのか、きょとんとした顔で尋ねる。

だがその言い方だと、『ヘルハウンド如きに、ビビってんのか？』みたいな意味にも受け取られかねんぞ。

トーマソンは黙り、ちらりと後ろの冒険者の方へ視線を送る。

思いっきり仕込みアリだって、バレバレじゃないか。

もはや演技すらやめ、グロッツォミエントが近寄ってきてトーマソンとこそこそ話す。

そしてトーマソンは『あたかも自分が今考えました』みたいな顔で言い放つ。

「ふん、良いだろう！　ただしこのBランク冒険者、グロッツォミエントのパーティに同行してもらう！　いいな？」

「別にいいですけど」

「同行してくださいだろこのタコ野郎！　上納金を出せば、命をかけて守ってやるぞ？」

グロッツォ――覚えられないからグロッツォでいいや――はニヤニヤと笑う。

そして取り巻きと一斉に笑った。

嫌な雰囲気だ。ラウラも俺の後ろにこっそりと隠れて裾を掴んでいる。

「オラ、そうと決まればさっさと行くゾ！」

グロッツォはギルドの扉を足で蹴飛ばして破壊し、出ていった。

騒がしい奴だ。バストンはきっちり修理代の請求書をその場で書いていたが。

「彼はBランクですが、大丈夫なんですかね？」

「君が心配することではない」

トーマソンは鼻で笑ってピシャリと言った。

いや、正直足手まといなんだよ。いくら嫌な奴とはいえ、目の前で勝手に死なれるのは忍びないし。

「すまないな同胞よ。恩に着る」

バストンに対して、俺は胸を叩いて大丈夫だとアピールする。

「この程度、任せてください」

バストンは精神的に疲れているようだ。いつもはキリリとしている目元がふにゃりと和らいで、ピンと立っていた狼耳もペタリと倒れ込んでいる。

普段の雰囲気が一匹狼だとすれば、今は寝起きのただのわんこだ。

こんなのは間違っている。バストンのためにも一肌脱いでやろう。

……だが、これは『お出かけ』ではない。

俺はラウラの表情を窺いながら言う。

「ごめんなラウラ。変なことに巻き込まれちまって」

「？」

ラウラは、久しぶりの狩りだとフンスと息巻いていた。た、頼もしいぜ。

せっかちなグロッツォを追うと、彼を含めた筋骨隆々の三人組は何故か杖を手にしていた。帯刀しているはずなのに。明らかにおかしい。

剣杖二刀流の噂は聞いたことがあるが、それほどの実力者には見えないし……まあいいか。別に興味はない。

グロッツォが言う。

「Fランク、こっちだ」

「ちゃんと名前があるんですが……」

「うるせえ」

横暴な奴だ。

グロッツォは森の奥深くへとどんどん突き進んでいく。

獣道をずんずんと進むうちに、辺りは徐々に暗くなる。

大森林は、王国の北部を覆うかなり広い場所である。奥に迷い込んでしまえば、命はない。

なんだか道案内を任せるのが心配になってきたぞ。

そんな風に思っていると、グロッツォは突如口を開いた。

「なあFランク、ビルズムって名前を聞いたことがあるか？」

「いきなり何ですか？」

「質問にだけ答えろ」

うーん。まったく聞いたことがない。そもそも人名か？

素直にそう答えると、グロッツォは頷いた。

「俺は何かの間違いだと思ってたんだよ。あのお方がFランクに執着するはずがねえからな」

「何の話ですか？」

「さあ、何だろうな」

ガハハと三人組は笑う。そういう雰囲気なのかと思って、俺も一緒にガハハと笑うと、何故かドン引かれた。

ラウラがこちらを心配そうに見ている。違うんだ。

「ところでバストンに恨みでもあるんですか？」

「何だいきなり」

「質問にだけ答えてください」

「チッ」

グロッツォはぺっと唾を吐き捨てた。

ラウラが嫌そうな顔をして俺の背後に回る。盾にするのはやめてください。

「バストンに恨みはねえよ。俺たちの目的のために、ただ邪魔なだけだ」

「目的？」

「ああ。俺たちみたいな野郎が生きやすい街を作る。そんだけだ」

それって無法地帯を作りたいってことだよな？

何をふざけているのかと思っていると、取り巻きもしみじみ頷いている。

森の空気に当てられたのか、頼んでもいないのにグロッツォはぽつぽつと組織の話を語り出した。

グロッツォはどうしようもない冒険者だった。

腕はあったが金はギャンブルに費やし、強盗で何度も捕まった。ついには街にいられなくなり、片目を潰されて島流しの地ことローデシナに追いやられたらしい。

元々ローデシナにはそんな冒険者がたくさんいた。冒険者としての腕はあっても、辺境の地には皆が食っていけるほどの依頼が来るわけはなく、皆がその日暮らしの生活をしていた。

そんな時に現れたのが王宮騎士と王宮魔術師だったという。彼らは『楽園』を作ると言って冒険者たちをまとめ上げ、さらには、かの有名な英雄【戦技のクラウス】や【村長の息子】も組織に加わった。彼らは冒険者たちに不思議な魔導具や武器を与え、先導したという。

「――組織の目的はただ一つ、流れ者の冒険者が住みやすい場所を作ること。そのためには冒険者ギルドが邪魔だったんだ」

そこまで一息に説明して、グロッツォは口を噤んだ。

神妙な雰囲気で黙ってしまったので、俺は思わずずっこける。

「え、終わりですか？」

「そうだが」

な、なんという自分勝手な話だ。てっきり共感できる理由でもあるのかと思えば、何もなかった。

「俺も最初は信じてなかったさ。だがな、あのお方たちの奇跡を見ると、夢を見ちまうんだよ。詠唱しない魔術とかな」

グロッツォはそう言う。

凄く真面目そうな顔をしているが、彼らは、魔術がとっくに詠唱の域を脱しているなんて知りもしないのだろう。つまり、無知を食い物にしたひどい商売の被害者なわけである。

彼らが持つその『杖』も、それに関係しているのかもしれない。

観察してみれば、杖に刻まれた魔法陣はひどく歪《いびつ》な形をしている。

魔道具は魔力や、魔石を必要とする。しかしこの杖はそうではない。

じゃあこれは何なのか？　この杖は魔導具ではなく呪具《じゅぐ》だ。

「その杖、長く使えば死にますよ」

俺が親切心からそう言うと、グロッツォは声を荒らげる。

「何を言っていやがる！　これはあのお方が俺に貸してくださった最新鋭の魔導具だぞ？　知った口を利くんじゃねえよ！」

なら何も言うまいよ。何を言っても無駄な時というのはある。

これは一種の洗脳なのかもしれない。

恩を着せて慕《した》わせたり、『凄い人がそう言うのならそうだ』と無条件に思い込ませたり、冒険者ギルドという明らかな外敵を作って行動の方向性を定めさせたり。なかなか狡猾《こうかつ》な手口だ。

王国領に『楽園』なんて作れば瞬く間に潰されることなんてわかるはずなのに、その辺の感覚すら麻痺しているらしい。

王都の喧騒《けんそう》から離れた静かな地にも、辺境ならではの弊害はあるようだ。

げんなりしていると、グロッツォは突如立ち止まった。

「さて、楽しいお話はここまでだ。ヘルハウンドのお出ましだぜ」

そう言ってグロッツォが指差した先、遠方にヘルハウンドの姿が見える。

『黒獣《こくじゅう》』と呼ばれるほど毛並みが黒く、盛り上がった筋肉は岩のようにゴツゴツしていて、目は赤く、牙は鋭い。口からは火魔術である火弾を放つ、高い機動性と硬い皮膚が厄介な魔獣である。

まあ本物だとすれば、の話ではあるが。

格上のヘルハウンドを目にしたはずのグロッツォ一行は余裕な表情をしている。

そして、ヘルハウンドが奇襲をかけてこず、俺たちの目の前に現れたのも不自然だ。

これは仕組まれた戦いである可能性が高い。

だとすれば、グロッツォ一行は恐らく例の杖を使って、俺らの背後に火でも放つんじゃないか？

「はっは、お前はここで死ね！」

思った通りにグロッツォは森に火を放った。

俺とラウラの退路は絶たれ、火の向こうからこちらへ駆けてくるヘルハウンドの姿が見える。

「ん？」

しかし、どうもヘルハウンドの様子がおかしい。自慢の筋肉は萎《しぼ》んでいるし、魔力も乏《とぼ》しく殺気そのものがない。というより、もはや死んでいるようだ。

「まさか死霊術《しりょうじゅつ》か？」

目を凝らしてみると、ヘルハウンドの頭にはピンと糸を張られたように何かの魔力が繋がっている。デジャヴ。

まさかキノコじゃなかろうな？　土下座をすれば当たりだ。

「悪いがお前を殺せという命令でな！」

そんなグロッツォの言葉とともにヘルハウンドは飛び跳ね、俺の首を食いちぎろうと襲いかかってきて――

「かわいそう」

そんなラウラの一撃で首と体を切り離された。

俺はひょいとヘルハウンドの死体を躱して、繋がっていた糸をピンと摘《つま》む。そして糸に魔力を込める。魔力の流れを逆流させ、術者に攻撃しようという狙いである。

「……は？　何が起こった⁉」

燃え盛る炎の壁の向こうで、グロッツォが杖をぽとりと落とし、口をぱっかり開けている。

彼に関しては、これで懲りてくれればいいが――なんて悠長に考えていた、その時だった。

「……しまった」

森の奥に大きな魔力を感知し、次いで何者かがこちらへ向かってくる気配がした。

森は不穏な気配にざわめき、風は木々を揺らす。鳥獣は危険を察知したかのように一斉にこの場を離れ始め、地面が微動する。

神聖な森には、それを守る存在がいる。徒《いたずら》に森に火を放たれ、この世の理《ことわり》を冒涜《ぼうとく》する死霊術まで使われたとなれば、自らの聖域を荒らされたと思うのも無理はない。

藪《やぶ》をつついて蛇《へび》を出すとは、まさにこのことだ。

「な、何だアレは！　クソッ!!」

炎壁の向こう側、グロッツォの前に巨大な魔獣が姿を現す。

白く美しい毛並には黒の縞模様《しまもよう》が混ざっており、白と黒の対比が非常に綺麗だ。狼とは違い、のっぺりした鼻と口にはそれでも威厳が満ち溢れ、鋭い目つきはひと睨みで人を震え上がらせるほどの迫力を伴っている。

『伝説の生物便覧』という本でちょうどそんな特徴の生物について読んだことがある。

こいつの名は【白虎《びゃっこ》】。その大きな特徴は――

「デ、デカすぎんだろ……」

ともかくデカいことだ。ずんぐりとした白虎の顔はグロッツォのはるか上空にある。

全身の毛を怒りで逆立たせ、敵意を剥き出しにしている。

そんな白虎を見てグロッツォは顔面を蒼白にし、足をガクガクと震わせながら口を開く。

「お、おいFランク、お前ら盾になれ！　早く！」

「え？」

そう言われて、思わず金貨二枚を投げた。

「上納金です。守ってください」

「ば、ばかやろう！」

そんなやり取りをしているうちに、グロッツォはペチーンと白虎にはたかれ、どこかへ飛んでいった。まあ、死にはしないだろう。一年ぐらい動けないかもしれないが。

そして今度は炎壁を挟んで俺たちと白虎が対峙する。どうやら『こいつらは関係なさそうだし許す』なんて虫のいい話はないようで、きっちり敵視されているようだ。

仕方ない、ストレス発散に付き合ってやるか。俺も久々に戦いたい気分だ。

ラウラが戦うと美しい毛並みがズタボロになりそうなので、避難指示を出しておく。

彼女はヘルハウンドの死体を持って、颯爽《さっそう》と遠くへ離れていった。

白虎は再び前脚を動かし、例の如く俺を弾き飛ばそうとしてきた。

俺は風魔術で抑え込む――つもりだったが重たい。鉄塊のようだ。

「ぐぬぬぬ」

急いで空間魔術を使い結界を張り、どうにか白虎の初手を抑え切る。

白虎は攻撃が受け止められたことに驚いたようで、動きが一瞬止まる。

その隙に魔術で全身を強化し、距離を取ると、七層式連立魔法陣『土砲連撃《どほうれんげき》』を発動させ、巨大な礫岩《れきがん》を白虎にぶつける。

しかし、あまり効果はないようだった。

何せ図体がデカイ。ちまちました攻撃はやるだけ無駄かもしれない。

本気になったのか、白虎は素早く動き出す。

瞬く間に距離を詰められると、巨躯を活かした突進を受けるが、土魔術で地中に潜って回避。

その間に、十三層式連立魔法陣である巨大な土の塊で打撃を与える魔術『土槌大撃《どついたいげき》』を放つと、重い手応えがあった。だが、このくらいでは致命傷にはならない。

しばらく突進と魔術の応酬が続くと、白虎は痺れを切らしたのかついに魔術を使って光り輝き出した。

昔読んだ本の通りではないと薄々感じていたが、白虎は魔獣ではなく精霊の一種らしい。何らかの条件を介して人間や魔獣が魔の法を使うのに対し、精霊や妖精は無条件でノータイム発動だ。こりゃたまんないね。

白虎の移動速度と、攻撃力が増す。

一度の突進で地面が抉《えぐ》れ、岩は砕け、木々は飛び散る。

しかし、俺には当たらない。結界、土、水、光、あらゆるものを駆使して全てを躱す。

それでも逃げ場がなくなったので、ついに空に逃げると、白虎の喉元が光り出した。

嫌な予感がする。いや、嘘だろ？　だってそれはずるいじゃないか。

想像通り、白虎の口から俺を狙って光線が放たれた。

これは流石にまずい。結界を張っても無駄だろう。

ならば、森を焦土にするつもりで光線を打ち消すしかない。

俺は出来立てホヤホヤの二十九層式連立魔法陣を起動する。

『極限にまで小さくした水球に包まれる一粒の光球』。これの本質は、高密度高エネルギーの光球を、水球の中に閉じ込められるほど極小化したところにある。

それを解放することによって莫大な爆発力を生めるのだ。

そんな兵器とも呼べる光球を、光線に対して落とす。

一瞬、視界が光り輝く閃光の世界になる。遅れて、爆風が響く。

爆風だけで結界が破られそうになるほど、圧倒的な破壊力。

白虎の光線と、最新式の光球が打ち消し合うと、ここまでのエネルギーが生まれるのか。

数十秒待ってようやく視界が晴れると、俺の真下に大きな窪《くぼ》みができていた。

そして白虎の巨大な気配は消えていた。

俺の勝ちだ。

そうして、研究の成果に満足して家に戻ろうとすると――

「グローーゥ」

小さくなった白虎が俺の後をついてきていた。

……いや、なんで⁉


「だからグロッツォミエントが帰ってこなかったわけか」

洋館の玄関先。ドアにもたれかかりながら、バストンは溜息を吐いて呆れ気味にそう呟いた。

次の日になって、わざわざバストンは家まで様子を見に来てくれたため、昨日の出来事を報告したのだ。

昨日は魔法陣の出来栄えに満足して、冒険者ギルドに寄るのを忘れていたのは内緒の話だ。

すると、ノコが目をこすりながらやってきた。

「む、あなたは珍しい獣人。おい珍妙な獣人、この高貴なるノコの下僕にしてやります」

「この子は？」

バストンの質問に、俺は答える。

「キノコの妖精です」

「ん？　キ……？」

バストンは目をパチクリさせた。

ノコのへんてこながら愛嬌のある容姿をまじまじと眺めて、目頭を押さえる。

「こんな現実離れしたものが見えるとは……相当気が動転しているということなのか」

「もしかしてノコのせい？　いいえ。珍妙なる獣人の自爆。私は許される……？」

ふらつくバストンに慌てたノコは、俺の顔色を窺って叱られると勘違いしたのか、ピューッと奥の方へ引っ込んでいってしまった。多少はノコのせいでもあるので正解だ。

もはやノコに関して聞くのを諦めたバストンは、話を戻す。

「えーっと、何だ？　それでその精霊『白虎』はどこにいるんだ？　山のような大きさなんだろ？」

「アレですよ」

俺は庭の方を指さす。そこにはちょこんと座る大きめの虎をリードで繋ぎ、色々と説教をしているメイド姿をした少女の姿がある。かつての威厳ある姿はどこへやら、白虎は大人しくニコラの叱《しっ》責《せき》を受けている。適当なところで糞《ふん》をしたからだ。完全に上下関係が決まっている。

「あ、あれは？」

「ボガートと、白虎です」

「ボ……？」

聞こえているはずなのに頭に入ってこないとばかりに、バストンは白目を剥く。

成り行きでそうなってしまったとはいえ、非常に希少な精霊や妖精の類いが、この家にはなんと二人と一匹もいるのだ。戸惑うのも無理はない。正確に言えば一軒と一キノコと一匹だが。

どうやら精霊や妖精の間では上位下位なんて概念はないらしく、魔の法から生まれた存在として皆対等らしい。

ノコは怖がって白虎には近付こうとしないが、ニコラは完全に白虎を手懐《てなず》けてしまった。

自分のペットを取られたような気がして少し寂しい。

この家の序列は、相変わらず俺がドベだ。

「ご主人様、しっかり躾《しつ》けてやったのです！」

「グゥ……」

ふんと自慢げに胸を張るニコラに対して、白虎は悲しげに鳴く。

ニコラ怖い。そう言っているかのようだ。気持ちはわかる。

家のことに関するニコラは鬼のよ……ゲフン。寒気がしたのでこれ以上は言えない。

ニコラはバストンに気付いたようだ。

「あ、お客様なのですか!?」

「い、いやそろそろ失礼しようかな」

バストンはふらふらと丘を下っていく。

心配なので追いかけて肩を貸すと、バストンは呻くように言う。

「俺としたことが、まったく同胞ドーマをわかっていなかったよ」

放心状態である。よくわからないが、早く良くなってほしい。

そんな彼にさらに負担をかけてしまうことになるだろうが、これは報告しておかないとだよな。

「ところで、あまり悠長に構えているとまずそうですよ」

そう言いながら、俺はグロッツォが森に残していったものを手渡す。

「む、これは魔導具か」

「呪具みたいなもんです」

グロッツォの残したアイテムを手渡すと、バストンは神妙に頷く。魔力の代わりに生命力を吸い取る呪具。その仕組みはよくわかっていないが、ほとんど裏の世界でしか出回らない。

彼もそれを知っているのだろう。にかっと笑う。

「安心してくれ同胞よ、奴らを断罪する用意はもうすぐできる」

それなら任せよう。

俺はバストンを見送り、家に戻ることにした。


さて、今回また一匹増えたということで、改めてルールを周知しておくことにした。

ダイニングに四人と一匹が集まると、なんだか賑やかに感じる。

ニコラが紅茶を淹れ、ちょっとした菓子を用意してくれたところで挙がった最初の議題は『白虎の名前』だ。

「流石に白虎とそのまま呼ぶのはなあ」

そもそも白虎という呼び方が正しいのかもわからないし。

そう俺が唸っていると、ラウラが手を挙げた。

「名案」

何も考えてなさそうな顔をしているが、しっかり話は聞いていたらしい。

話を聞けてえらい！　とニコラが菓子を一つラウラに追加する。甘々である。

そんな様子を見て、白虎はグゥ……と不安そうに鳴く。

そして、ラウラは満を持して口を開いた。

「グロウ」

「あまりにも鳴き声そのままなのですよ⁉」

ニコラがツッコんだ。

結果、全員から却下された。白虎も悲しそうな顔をしていたので却下票に入れた。

「はいはい！　ニコラに妙案があるのです！」

次はニコラが挙手。興奮気味にぴょんぴょんとジャンプし、そのまま力説する。

「白虎さんは模様がとても綺麗なのです！　というわけで、『シマ』が良いと思うのです！」

「おお」

割とアリなんじゃないか？　シマ。呼びやすい。だがノコと白虎は不満そうにしている。

「やはり矮小なボガート。何もわかっていないです。堂々たる白虎にはそのような弱々しい名はふさわしくないです。白虎《バイフー》と呼ぶのがいいです。流石聡明なノコ。自分の知恵が怖いです」

「む！　何を言っているのです！　可愛い方がいいのです！」

「ノコの方がいいです」

「わたしの！」

ぎゃーぎゃーと取っ組み合いが始まった。

「堂々たる」というように、ノコは白虎のことを一目置いているようだ。

確かにあまりに可愛らしい名前は白虎にはふさわしくない気はする。

「じゃあバイフーから二文字取って『イフ』はどうだ？」

「グローーゥ！」

俺の提案に白虎が元気良く吠える。ニコラもノコも納得したように頷いた。

「イフ！　呼びやすくて可愛い名前なのです！」

「畏怖と掛けるなんて、堂々たる白虎にふさわしいです。流石ノコ」

「キノコの手柄じゃないのです！」

みんな異論はないようだ。ラウラは若干不服そうな表情をしているが、菓子一つで懐柔され、満足そうにもぐもぐしていた。チョロい。

「グロウ……いい名前」

いや、それじゃないからね？

その後は簡単に注意事項の周知や話し合いをした。

冒険者が妙な動きをしているから気をつけるようにだとか。生活の不便な点や改善点だとか。

そして最後にイフの住むところを決めることに。

庭に放置するわけにもいかないので、洋館の中にイフ専用の部屋を作ろうとしたら、俺と一緒がいいらしく頭をすりすりと擦り付けてきた。

そ、そんなに俺が良いのか！　などと思ったが、なんとなく訳を察した。

ラウラ。何を考えているのかわからず怖い。ニコラ。ただ怖い。ノコ。そもそも近寄ってこない。

俺。人畜無害……消去法だったぜ！

だが、俺とてイフのもふもふした毛並みにあずかれるのでやぶさかではない。

ノコによると、白虎は精霊の中でも幻獣種《げんじゅうしゅ》に分類され、その体毛は聖気に満ち溢れているので、ストレス解消や疲労の緩和などにも良いらしい。癒しの具現化である。

早速ボフッとイフの背中に顔を埋めると、温かい太陽の匂いがした。このままそっと上に乗って移動したい。全てがどうでもよくなる劇薬だ。

バチコーンとニコラにハリセンで叩かれて現実に戻されると、ノコが「白虎に乗って移動するなんて……その手があったか！」みたいな顔をしていた。

まずい。ノコの在宅貴族生活に拍車がかかってしまう。できるだけイフを外に連れ回そうと決めた。

そんなこんなで話し合いが終わったので、イフと外へ出る。

夏の終わり。気温がだんだん下がってきていて、散歩日和だ。

爽やかな風に揺れる草原をイフは軽やかに走り回る。

そして俺が手を広げると、イフは一目散に向かってきながら……ズズズと大きくなった。

「え？」

ムクムクと巨大化していくイフは馬車ぐらいのサイズになる。いや、待て待て！

「グローーゥ！」

突進を腹に受けた俺はそのままイフの頭に乗せられて、草原を引《ひ》き摺《ず》り回される。

ああ、でも意外と爽快かも。

頼りがいのある精霊を想定していたのに、草原を駆け回るイフはほとんど犬のようだ。

虎って猫の仲間じゃないのか？　よくわからなくなってきた。

だが、威厳を失った白虎ことイフの力は意外なところで発揮されることになる。


翌日の早朝。

俺は目を覚ますと、寝ぼけながら牧場の方へ行く。

まだ秋ではないのでドングリは落ちていないが、豚に木の実を食べさせて肥え太らせるのだ。

日が昇っていないのでまだ辺りは薄暗い。

そんな中、豚は勝手にあちこち動こうとするので、統率するのはなかなか大変だ。

そこで役立ったのがイフである。

「ロウッ！」

そう吠える森の番人、イフが恐ろしいのか、豚は素直に従う。

『偉いぞ』という気持ちを込めてもふもふな頭を撫でると、イフは満足そうにブルブル体を震わせる。

うーん。これは犬！

豚に木の実を食べさせている間に日が昇り、森は幻想的な雰囲気に包まれる。

朝露がきらりと光り、独特の湿っぽさと生暖かい風が気持ちいい。

家の近くを流れている川へ向かい、冷たい水で顔を洗うのが最近のルーティンだ。

川のせせらぎ。鳥の鳴く声。風が吹き、木々が揺らぎ、そして愛犬……じゃなかった、愛虎のイフは冷たい水の中をあちこち動き回っている。

木々の合間から朝日が差し込み、遠くの方で朝を告げる鐘が鳴っている。

あと少しすれば、ニコラが朝食を作るいい香りが漂ってくるはずだ。

木陰で腰を下ろし、イフの体に全身をもたれさせながらぼんやりすると、眠気が襲ってくる。

こんな時間がずっと続けばいいと、心からそう思った。

8

ローデシナ村東部。ならず者たちが集まるとある地区の瓦礫の高台に、ある二人の姿があった。

全身を鎧で包んだ剣士と、顔を仮面で隠した杖を持つ魔術師――彼らこそ『楽園』の指導者として、ローデシナの流れ冒険者たちに君臨し、その勢力を伸ばす者だった。

そんな彼らの前に、トーマソンと包帯でグルグル巻きにされた男が揃って現れた。

彼らに対して、魔術師は言う。

「で、バストンは脅せなかったんだな？」

「い、いや違うんだよ！　Fランクの男が邪魔してきたんだ！」

「グググッ、魔術師ドーマか？　アイツも殺せなかったんだろう？　軟弱な野郎め」

「モゴモゴモゴ！」

包帯男――全身を複雑骨折したグロッツォミェントは何かを言おうと苦心するが、言葉にならない。

彼が森の奥で死にかけているのが見つかって三日。『奇跡』こと普通の治癒魔術で生死の境からは脱出したが、高位魔術を受けなければ複雑骨折は治らない。

当然、辺境にそんな魔術を使える人物がいるはずもなく、ミイラ男と化していた。

「ボクらのせいじゃない！　近くに巨大な穴があったのを見ただろう！」

グロッツォミエントの代わりに、トーマソンが言い訳するが、魔術師は吐き捨てるように言う。

「ああ、おとぎ話の『白虎』だっけか？」

白虎。ローデシナ村長の家系に代々語り継がれてきた伝説。

その巨体は一撃で村を消し去り、咆哮《ほうこう》は山をも吹き飛ばすという。数々の名のある冒険者が挑んだが、誰一人として帰ってきていない。

「あの穴は白虎の仕業に違いない！　なあグロッツォミエント！」

「モゴ！　モゴモゴ！」

「多分そう言ってる！」

その様子を見てガッカリして、全身鎧の王宮騎士、ゼダンは威圧的に大剣をズンと地面に刺す。

「なあトーマソン。俺らは慈善団体じゃねえんだ。あまり失望させるな」

「グググ、ゼダンの堪忍袋は小さいぜ？」

そんな魔術師の言葉にトーマソンはビクッと体を震わせてから、じりじりと後ろへ下がった。

魔術師はなおも言う。

「仮に現れたのが白虎なら、なんでそのFランクは生きてんだ？」

「た、たまたまだろう？」

トーマソンはそう答えざるを得なかった。

存在が希薄すぎて白虎が偶然気付かなかったと説明するしかあるまい。

白虎と戦って生き残ることなんて不可能なのだから。

「モゴモゴモゴ！　モゴモ！」

「あぁん？　うるせえよ」

必死の叫びも虚《むな》しく、グロッツォミェントはゼダンに命じられた下っ端に連れられて病室へ連れていかれた。

「で、トーマソン。どうするんだ？」

魔術師が凄んだので、トーマソンは口早に言う。

「ボ、ボクがバストンに手を出したらまずいだろう！　ボクはFランクの方を何とかするさ」

「グググッ、どうやって？」

「奴の住んでる家に火をつければ次の日には焼死体さ」

「やってみろ」

へへへ、とならず者たちがトーマソンの元へ集まり、『最新鋭魔導具』をいくつか持ってくる。

トーマソンはそれを手に取って不思議そうな表情を浮かべた。

「これが最新鋭？　父の書斎で複層式連立魔法陣が最新だという本を読んだんだが」

「わかっていないな。複層式連立魔法陣、特に四層以降は理論上の話だ。あんなもんを魔導具どころか実戦で使う奴などいない」

言の葉を紡げば良い魔導とは違い、魔法陣を構築するにはその場の気温や湿度、その他様々な条件を考慮しなければならない。

それが単体の魔法陣ならばほぼ誰にでも使えるが、魔法陣を連立させるとなれば、パズルを組み合わせるかのように一層ごとに複雑さを増す。

それも、たった一度の魔術を使うだけである。様々な魔術を駆使して活躍する魔術師にとって、一度魔術を使うだけで疲労困憊になる複層式など、現実的ではないのだ。

魔術師は誤魔化すようにまくしたてる。

「与太話《よたばなし》はどうでもいい。俺の配下の冒険者を連れていけ。邪魔者は素早く排除するに限る」

「む、馬鹿にするな！　Ｆランク如きボク一人で十分だ！」

「調子に乗るな。二人貸す。必ず殺せ」

「ふん！」

トーマソンは苛立ちながら瓦礫の山を背にして去っていく。その後ろ姿を見て、ゼダンは魔術師に尋ねた。

「ビルズム、成功すると思うか？」

「グググ、まあ嫌がらせになればいい、くらいの気持ちではあるな」

魔術師・ビルズム。

トーマソンの権力だけを利用したいと考えている非情な男である。

二人のならず者を連れたトーマソンは松明《たいまつ》を掲げ、ゴーストヒルを目指していた。

時は深夜。世界は黒に染まり、静寂が辺りを包む。遠くからは不気味な魔物の鳴き声が聞こえるが、トーマソンにとってはそれどころではない。

バクバクする心臓を落ち着かせ、一気にゴーストヒルを駆け上る。

夜の丘の頂上には、不気味に佇《たたず》む洋館が見える。

（あそこに火をつけてしまえば、眠りこけているFランクは逃げる間もなく焼死するはずだ）

トーマソンがそう思いながら足を一歩踏み出した瞬間——ザワーーっと風が広がる。

ゾクリとトーマソンの背筋が凍り、鳥肌が立つ。

破ってはいけない禁忌を破ったかのような予感に、彼の足が止まる。

気付けば、頭上の空模様も怪しくなっている。ゴロゴロと雷が落ちそうな音までしている。

「な、なんだというんだ？」

そう呟いた瞬間、ピシャアアアッと雷がトーマソンのすぐそばに落ちた。

彼はぼとりと、思わず杖を落とす。

「あ、あ……」

へなへなと座り込むトーマソン。

そこで、自分の生死などどうにでもできる「上位存在」の巣に入り込んでしまったのだと、ようやく気付く。

「に、逃げ……」

逃げようとするも、腰が抜けて足が動かない。手下のならず者は、とっくに逃げてしまっていた。

それでも何とかここから離れようと、トーマソンは腕を使ってズルズルと這《は》っていくが、ズドン！　という音とともにトーマソンのすぐ脇の地面が抉れた。

「あ」

恐る恐る振り返ると、常闇《とこやみ》に巨大な魔獣のシルエットが浮かび上がっていた。

（こんなものに、誰が対抗できるというのだ……）

トーマソンは失禁していた。

それからは情けなくも、命からがら逃げ出したのであった。

☆

翌朝、俺、ドーマが家の周りをぶらぶらしていると、あるものが落ちていた。杖だ。グロッツォが持っていたものと酷似している。

そんなものが何故家の庭に？　ゴミ捨て場だと思われたのだろうか。嫌だなあ。

「ご主人様、どうかしたのです？」

「ああ、いや。なんかゴミが捨てられていただけだよ。そういえば、昨日は天気が悪かったし、屋敷周りの掃除とか何か手伝うこととかあるか？」

「それには及ばないのです。昨日はイフが寝ずの番をしてくれたおかげで無傷なのです」

居間でうとうと船を漕《こ》いでいるイフが、まさかそんな仕事をしていたとは。

てっきりノコにも劣らないぐーたら精霊かと思っていたぜ。精霊はみんな、各々の仕事をしているんだな。ちなみにノコは、イフの上に乗っかって寝るという大役を任されていた。え、偉い！

そんなわけで特にやることもないから、俺は今日からまた魔導具を作ることにした。


手元には素材の他にエリナーゼの書物がある。かつて地下で発見したそれには、古代の魔導具についての情報が記されていた。

古代の魔導具といえば、収納鞄や空飛ぶホウキが有名なのだが、現在その理論は失われ、コピー製品だけが出回っている。

見るも難解な魔法陣。だが、エリナーゼはその詳細のほぼ全てを本の中に書き残していた。

それを活かして色々と試してみる。ホウキの素材に魔樹カリオテを使ったり、魔法陣を改良して速度や安定感を増したり、そもそもホウキとは別のものを浮かしたり。

一週間ほど試行錯誤していると、『試作品・魔法のじゅうたん』ができた。

ひらひらしていて少し怖いが、丸めて小さくもできるので、非常に便利だ。

実験がてらローデシナの上空を飛び回ると、風を全身で受けてとても気持ちが良かった。端の方に行くと、ズルッと落ちそうになるのはやむなし。

屋敷に帰ってくると、ラウラが羨ましそうな表情でこちらを見ていたので、一緒に乗せてあげ、家の周辺を周回する。

「ドーマ、すごい」

姫にお褒めの言葉をもらう。

しかしラウラは最初こそ目をキラキラさせていたのだが、やがて飽きたのか空の上ですやっと寝ていた。

姫を満足させるための道のりはまだまだ長い。

☆

「ようやく着いたわね！」

ローデシナの玄関口。

衛兵が守る門の前に、腕を組んだ皇女アレクサンドラと付き人ナターリヤが立っていた。

帝国をひっそりと抜け出し、馬車や魔導具を駆使して数週間。

長い旅を終え、皇女一行はローデシナに辿り着いたのだ。

「お前たちは何者だ？」

「あら、見てわからないのかしら？」

そう問われて首を傾げる衛兵。

それもそのはず。冒険者のような格好をしているアレクサンドラは、見事に皇女の雰囲気を隠していた。

「まあいい。入ってよし！」

「当たり前よ」

ローデシナの中には異国情緒あふれる木組みの家が連なっている。

アレクサンドラは感嘆の声を上げるが、ナターリャは村からどこか殺伐とした雰囲気を感じ取る。

「お嬢様、ここは島流しの地。ならず者にはお気をつけを」

「わかってるわ！　ようやく先生に会えるのね！」

アレクサンドラは、全然聞いていない。

ナターリャは会ったことがないが、いつも皇女から話を聞かされるので『先生』についてはよく知っている。

魔術に秀でているだけではなく、顔は眉目秀麗《びもくしゅうれい》、スマートな佇まいと機知に富んだ会話は学園中の憧れの的《まと》だったらしい。そんな彼は、学園を去る際に『また迎えに行きます』と言ってくれたのだとか。

（そんな夢物語、あるはずがない。大方皇女殿下は騙されでもしているのだろう）

とナターリャは結論付けていた。

彼女としては、皇女に現実を見せる必要があった。ナターリャの苦労は計り知れない。

「へへへ、嬢ちゃんたち見ない顔だな？　俺たちが案内してやろうか？」

ローデシナを観察していると、冒険者の格好をしたならず者たちが彼女たちに声をかけてくる。

実際、皇女はドレスを着れば誰の目をも惹きつける魅力の塊である。腰付近まであるスラッとした銀髪や勝気な吊り目も、独特の美しさを醸し出している。

上から下まで舐め回すような視線に、ナターリャは皇女の機嫌が悪くなっていくのを察知した。

「誰よ、話しかけないでくれる？」

「ぐおっ⁉」

皇女の放った風魔術によって、ならず者たちは吹き飛ばされていった。

皇女は短気すぎる、とナターリャは思わず溜息を吐く。

「む、無詠唱だと⁉　お、おいクラウス様に報告するぞ！」

そう言って、ドタバタとならず者たちはどこかへ逃げていく。

「クラウス？」

ナターリャは不思議そうにそう呟く。帝国の人間にもその名前は有名だ。

なんせ帝国優位であった戦争を、一時逆転させる原因となった王国の仇敵《きゅうてき》である。

「戦技のクラウス？　懐かしい名前ね。この村にいるのかしら？」

「流石に別人だとは思いますが」

すると、物陰からフードを被った一人の男が現れる。

ピクリとナターリャが反応し、構えた。

「俺がクラウスだ」

男はフードをとった。灰色の長髭と傷の入った額が印象的な、老戦士然とした顔が露《あらわ》になる。

その姿を見て、ナターリャはこれは本物の『戦技のクラウス』だと確信した。

ナターリャは冷や汗を浮かべる。しかし皇女は飄々《ひょうひょう》と言い放つ。

「ふん、その顔、間違いないわね。王国の英雄が私たちに何の用かしら？　復讐しに来たわけ？」

「いいやまさか」

クラウスはローデシナの現状を語った。

ローデシナの治安は悪い。特に冒険者は酷いものだ。それこそ危機感を覚えたクラウスが自ら村の治安の維持を行っていたくらいには。

どうやら敵意はなさそうだとナターリャは一安心した。戦闘にでもなれば、自己を犠牲にしてでも皇女を逃さなければならなかったところだからだ。

「ところで、こんな辺境の地に何用で？　高貴なお方なんだろう？」

クラウスは盲目だ。

しかし、魔力や気配で大体は把握することができる。王族や皇族、貴族というのは特別な魔力を放っているもの。皇女が放つ魔力にも、クラウスはピンときた。

「この村の王宮魔術師に会いに来たのよ！　あなた知らないかしら？」

「王宮魔術師だと？」

思わずクラウスは目を見開く。

この村で王宮魔術師といえば、ビルズムただ一人である。高貴な出であろう人物が、ビルズムに用があると聞いて、クラウスは内心かなり混乱していた。

「どこにいるか知らない？」

「ああ、ところで何故会いに？」

「私の先生なのよ」

「先生？」

渋い顔をしていると、皇女は不機嫌そうに言う。

「何よ、弟子が会いに来てはいけないってわけ？」

「いいや、しかし……わかった。王宮魔術師に会わせよう」

「本当!?　あなた実は良い人ね！」

クラウスは師弟に関する話に弱かった。己の弟子を戦争で亡くしているからだ。

幸い、ビルズムは常日頃からクラウスを勧誘してきていたため、伝手《つて》もある。

「ところでお嬢様、その格好で会うのですか？」

「へ？」

長い旅路。それを経た皇女の服は破け、汗と汚れでとてもいい香りとは言えない。

「別に先生ならなんだって受け入れてくれるわ」

「いえ、そういうことではなく……」

「これを着な。女性は冷えると大変だ」

クラウスは己のフードをかぶせる。彼にとってはなんてことない仕草だ。

「あなた……先生の次にイケてるわ」

ビルズムがそれほどまでに慕われていることに、クラウスは驚きを隠せない。

そうして辿り着いたのは、ローデシナ東地区。そこは住民が決して訪れない無法地帯である。

そんな小汚い場所をアレクサンドラは構わず突き進む。

「これは酷いですね」

思わずナターリャは呟く。

そこはさながらスラム街だ。辺境に飛ばされた人々や、さらに落ちぶれてしまった人間の行き着く先。木造の家屋はもはや廃屋で、ゴミや汚物が道路に放置されている。

やがて大きな木造の建物に辿り着くと、クラウスは門番に顔を見せる。

「クラウスさん!?」

「通ってもいいか?」

「も、もちろんです！　ところでさっきまで中にいませんでしたか?」

「はあ?」

不思議そうにクラウスを見つめる門番を置いて、一行は先に進む。中に入ると、巨大な瓦礫の山に鎮座する二人の姿があった。ビルズムとゼダン。暇なのか、ここが定位置である。

ビルズムが口を開く。

「クラウス。久しぶりだな。ようやく我が陣営に入る気になったか?」

「いいや。それはまだ考え中だ」

「まあいい。それで、その女どもは?　捧げ物か?」

ビルズムはニヤニヤと女二人を眺める。

クラウスはピクリと反応した。

「知り合いじゃないのか？」

「ん？　誰がだ？」

クラウスははてと首を傾げる。

「いやいや、師弟関係なんだろ？」

「ん？　誰とだ？」

そして、アレクサンドラは不機嫌を顔に出す。

アレクサンドラの言葉に、クラウスは不可解な顔をする。

「何を言ってるわけ？　クラウス」

「まさか私を騙したわけ？」

「いや待て待て！　この村の王宮魔術師の弟子なんだろう？　ほら！　王宮魔術師だろ！」

クラウスはビルズムを指さした。

「ん〜？」とアレクサンドラはビルズムをじっくり見つめる。

そこには太った醜い容姿の男が立っているだけである。

確かに最後に会ったのは六年前だ。彼はまだ幼さを残した少年で、アレクサンドラもか弱い少女だった。それから変化があってもおかしくはない。

（でも……これはないでしょ！　どう見ても美少年だった十八歳ではないわ！）

「誰よこいつ」

「ええ!?」

クラウスは素《す》っ頓狂《とんきょう》な声を上げた。

「い、いやビルズムは覚えてるよな？」

「グググッ、誰だこの女は！」

「えぇ」

アレクサンドラとビルズムから、それぞれ責めるような視線を浴びるクラウス。

「そもそも名前が違うわよ。私の先生はビルズムじゃなくてドーマって言うのよ」

「早く言え！」

アレクサンドラの言葉に、クラウスは思わずツッコんだ。

「ドーマだあ？　クラウス、一体どういうつもりだ？」

ビルズムの言葉に呼応するようにならず者たちが集まってくる。

そしてならず者の一人が飛び出し、アレクサンドラの首元にナイフを突きつけた。

「何をしている、ビルズム」

「グググ、人質ってことだ。クラウス、貴様が我々に従うためのな」

「卑怯な……」

いくらクラウスが魔力や気配の感知に優れているとはいえ、多勢に無勢。二人の女性を守りながら突破するのは至難の業である。ここは一旦、投降すべきかとクラウスが苦悩する一方で、ビルズムは下卑た笑いを見せる。

しかし、そんな時だった。

「不愉快だわ」

風魔術を使って強化された、華麗なアッパーがナイフを持っていた男に入る。

男は綺麗な弧《こ》を描いて、瓦礫の山に吹っ飛ばされていった。

「先生がいないならここに用はないわ！　ナターリャ！」

「お任せを」

アレクサンドラの声に応えて、ナターリャは服のどこかから棒状の鈍器を取り出すと、近くに立っているならず者を一撃で次々と伸《の》していく。

そして好機を見出したクラウスも剣を抜いた。

それを見たビルズムが言う。

「クラウス、それがお前の決断なんだな？」

「決断も何も、俺ぁ最初からこちら側だよ」

「ク、クラウス⁉」

怯えるならず者たちに、峰打《みねう》ちするクラウス。

数はいても烏合《うごう》の衆。ならず者たちは強者三人に怯み、活路が生まれる。

「お前らは先に行け！　俺が引きつけてる間によ！」

クラウスはそう叫ぶ。

しかし、アレクサンドラとナターリャは意外そうな顔をして笑った。

「そんな必要はないわよ！」

「この程度を苦難と表現しては、笑われてしまいます」

ナターリャは懐から何かを取り出し、地面に投げつける。

地面に白いモヤが広がり、そして三人は姿を消した。

「ぐわっ何だ⁉　何も見えん⁉」

混乱するならず者の声に、苛立ったビルズムが舌打ちする。

「何たる失態だ……」

「ゼ、ゼダン様、な、なにを……う、うわあああ」

ゼダンの憂《う》さ晴らしにあったならず者の叫び声が、東地区に響く。

しかしその声は、無様な負けを表すものでしかなかった。


「お前ら、やるじゃないか」

「当たり前よ！　私を誰だと思っているわけ？　先生の弟子なのよ？」

クラウスの言葉に、アレクサンドラは胸を張る。

そして東地区を抜け出したところで、三人は足を止めた。

「先生ってドーマのことだったのか。先に言ってくれよ」

「この村一番の魔術師って言えば伝わると思うじゃない！　まぁ、世界でも一番だけどね！」

「そんな傑物《けつぶつ》だったのか。前会った時は、一緒にいた娘に守られていたが……」

「は？」

アレクサンドラの言葉に怒気が含まれる。

クラウスは己の失言を悟った。

「あ、いや」

「その娘の話、詳しく聞かせてくれる？」

☆

「ふわあ、いい天気だな」

真っ昼間、ようやく目を覚ました俺、ドーマは日の光を浴びる。

今日も今日とて重役起床。幹部長もこんな気持ちだったのだろうか。

さて、スープの良い匂いが鼻をくすぐるが、ニコラが呼びに来ないということは、まだ飯の時間ではないのだろう。今日は何のスープだろうか。

大体一週間ごとにスープの種類が変わる。

先週は、豆と野菜をふんだんに使ったトマト煮込みのスープだった。

これにパンを浸し、空の胃の中に放り込むと最高なのだ。

そんなことを考えながら階段を下りていくと、相変わらずラウラが庭で素振りをしている。その横ではノコとイフが寝っ転がってのんびりしているのが見えた。素振りで生じた風を、気持ち良さそうに受けているようだ。

ノコとイフは、今ではすっかり仲良しだ。きっと、グータラ同盟でも結んでいるのだろう。

庭に出ると、ラウラはこちらに気が付いて素振りを止める。

毎度毎度、動きやすさを重視して露出の多い服装なので目のやり場に困るが、ラウラが気にしてなさそうなのでとやかく言うことではない。好きな恰好をすればいいさ。

玄関に常備してあるタオルを放り投げる。

「おはよう、今日はどうだ？」

「ん、悪くない。でも疲れた」

頭にタオルを被ったラウラが、ぽすんとこちらにもたれかかってくる。剣を振るう時の力が、どこにあるのかというほど軽い。

そのまま持ち運んでしまえそうな軽さだ。きっと世話がしやすいように設計されているのだろう。

ラウラの顔をまじまじと見ると、穏やかだが芯のある瞳がこちらを向いている。

まつ毛が長い。少し赤らんだ頬には……風で舞ったのか小さな草がぴったりとくっついていた。

「草がついてるぞ」

「取って？」

言うと思ったぜ！

距離が近すぎて魔術を使うのも手間なので、そーっと草だけに触れるよう手を伸ばす。

すると、何故かラウラが目を瞑《つむ》る。

な、なんか変な雰囲気になってない？

なんて思っていた時だった。

「ん？」

ドドドドドドドドッと、どこからか足音が聞こえる。

ノコが顔を上げ、「アレは誰です？」とボソリと呟く。

丘の下から駆け上がってくる一人の少女と、後ろからそれを追いかける二人の姿。先行している少女は一見すると勝気な印象だが、銀色の髪と整った容姿はまるで帝国美人と呼ばれる女性そのもの……ん？　帝国？

「この浮気者！」

何故かドロップキックを食らった。

「ぐふっ!?」なんて情けない声を上げながら、ゴロゴロと転がる俺。

「う、浮気!?」

「だ、だって今！　キ、キスしようとしてたじゃない！」

「してねーよ！」

何の言いがかりだ、まったく……というか誰だ？

透明な肌。大きな目。銀色の髪は腰付近まで伸びているが、しっかりと手入れされて絹のようだ。年齢は俺と近そうに見える。そして繰り返すが目を見張るような美人である。

「だ、誰だ？」

「は!?　私を忘れたって言うの!?」

忘れ……？

勝気なイメージを抱かせる彼女は、俺の言葉を聞いて憤慨《ふんがい》したような表情を見せ、そして突然ポロッと涙をこぼした。

「ちょっ、え？」

「ひどい！　ひどいわ！　私はずっと覚えてたのに、先生はすぐ目移りするのね」

「お、お嬢様……」

息を切らしながら、後ろから女性が追いついてくる。

その後ろには何故か伏目がちなクラウスもいる。

クラウス！　何故あなたは俺に同情の視線を送ってくるんだ！

女性は、泣きじゃくる少女をそっと抱擁すると、こちらをキリリと睨み、「最低」と冷たく言い放つ。

な、なんか物凄い勘違いをされている気がするッ！

「ようやく先生に会えたのに。これなら会わなきゃ良かったわ」

「ま、待て。先生？」

俺を先生なんて言う人は今までえーっと……あっ。ようやく思い出した。

「ははは、忘れるわけないじゃないか！　ほら、サーシャだろサーシャ！　帝国の！」

「……ッ！　覚えてるなら早く言いなさいよ！」

再び蹴りを食らった。理不尽極まりない。

理不尽で思い出したが、彼女はアレクサンドラ。愛称サーシャ。

六年前の魔術学園時代、あまりにも横暴な振る舞いをしていたので勝負を挑み、完膚《かんぷ》なきまでに叩き潰した。まあ俺もガキだったからな。

しかし世論的に悪役となった俺は、彼女に魔術を教えることで何とか生き残ったのである。

「わたしが大人になったら先生を家庭教師にしてあげる！」みたいな口約束をしていたような気もするが、どうせ皇族だ。すぐ忘れてしまうだろうと思って、結局俺が忘れていた。

そんなサーシャが、一体何故ここに。

「人間さん、誰です？」

その時、ひょこっとノコが顔を覗かせる。

ま、待て！　今顔を出したら面倒なことになるだろ！

「……は？　子供？　先生、子供がいるの？」

信じられない、みたいな顔で俺を見つめるサーシャ。

隣の女性は再び「最低」と言い放った。

違うんです！　冤罪《えんざい》なんです！

「ご、ご主人様！　何かあったのです!?」

メイド姿のニコラがバタバタと駆け込んできた。

ま、待て！　今はまずい！

「子供が二人？　しかも子供にメイドをさせているわけ？」

も、もうどうにでもなれ……

俺はパタリと草原に倒れ込んだ。

☆

「それでサーシャはどうしてここに？」

「何よ、会いに来てはいけなかったわけ？」

「そんなことは言ってないだろ」

「目がそう言ってるわ」

「目!?」

さて、ドーマ様が説明すること数十分、ようやく私、ナターリャが仕えるサーシャ嬢様は満足げな表情になりました。

まさかお嬢様がこんな僻地に来るとは思っていなかったのか、ドーマ様は冷や汗をかいているご様子。まるで出張中に浮気をする男のようです。

しかしドーマ様は何やらローデシナ村に家を構えたらしく、私の目の前には巨大な屋敷が立っています。古いお屋敷ではございますが、貴族の邸宅と言っても差し支えない立派さです。

「ちょっとナターリャ、まずいわ。もっと可愛らしい格好をすれば良かった」

顔を赤くしながらお嬢様は私にそんなことをおっしゃいます。なんて可愛らしい。

確かに今の格好は、冒険者然とした服装。しかしお嬢様の胸は大きい方ですし、健康的な脚も色香を放っています。それでも変わらないお嬢様の可愛らしい乙女心に、ふと笑みがこぼれます。

私は「大丈夫です、お嬢様は可愛らしいですよ」と微笑みます。

とりあえず中を案内してくれるというので、ドーマ様についていきます。彼の背後にいる相当な腕前を持った剣士の少女が、警戒しながらこちらを窺っています。

薄桃色の髪といい透明な肌といい、まるで妖精のような儚さを感じさせます。

まさかドーマ様の恋人でしょうか。お嬢様を差し置いて？

あら、いつの間にか、握っていたペンが折れていました。

ちなみに、クラウス様はすぐに帰られようとしましたが、ドーマ様に「頼むからいてください」と懇願《こんがん》されて留まりました。

その後、屋敷の中を一通り見て回り、昼食会が開かれることになりました。

数十名が座れるであろう大広間に通されると、そこには趣味の良い調度品の数々が飾ってあります。これは全てニコラ様のものと聞き、お嬢様と驚きの声を上げてしまいました。

さて、席に着くと、料理が運ばれるまでの間、ドーマ様が屋敷に住んでいらっしゃる方々を紹介してくださいます。

まずドーマ様の隣に座る、ラウラと呼ばれている女性から。

「彼女はラウラ。王宮騎士で、今は何故か同じ家に住んでいる」

「……二人は恋人なのかしら？」

おおっと、ここでお嬢様、踏み込みます。しかしドーマ様はきょとんとした表情を見せると「いやいや、そんなことはない」と一蹴されました。

お嬢様は意味深な表情をされましたが、ドーマ様はお気付きではないようです。何という罪な男。

しかし、「恋人じゃなくて夫婦だけどな！」といううどんでん返しがあっては困るので、私の特技『使用人の眼光《メイドアイ》』を発動させます。これはそれぞれの仕草や視線、表情、体格や態度からあらゆる情報を取得する禁断の秘術。それによると、どうやらお二人には何の関係もない様子。

良かったですね、お嬢様。まだ間に合いますよ。

次はラウラ様の隣に座る、キノコのような被り物をした可愛らしい少女です。

「彼女はノコ。キノコの妖精だ」

「キノ……？」

思わず口に出てしまいました。

妖精の存在は聞いたことがありますが、見たことはありません。

おとぎ話の中の存在だと思っていました。

「それで隣に座る白い虎が、精霊の白虎だな」

「びゃっ……？」

またしても言葉が口をついて出ます。

逸話《いつわ》だけなら帝国でも聞いたことがあります。はるか昔、帝国の五賢将《ごけんしょう》が力を試すために向かっていって、反対に弄《もてあそ》ばれてしまったという戒《いまし》めのための逸話です。

まさか本物ではないですよね？

そんな風に戦々恐々としていると——

「やー、お待たせしたのです！」

可愛らしいメイド様が料理を運んでこられました。彼女は人畜無害そうなふんわりとしたお方。

ようやくです。ようやくほっとしました。

「あ、彼女はニコラ。この家のメイド兼、この家そのもの——ボガートだ。伝わるかな？」

「ニコラなのです！　えへへ、お客様はひさしぶりで緊張するのです！」

ほへへと笑う彼女ですが、なんとボガート。

もしかすると、私たちはとんでもないモンスターハウスに迷い込んでしまったのでしょうか。

「お嬢様、大丈夫ですか？　一旦お休みになられても……」

「う……へ？」

心配して声をかけると、お嬢様はびっくりしたように反応しました。

口元からはじゅるっと涎が垂れています。確かにいい匂いがしてきましたけれども。

「聞いてなかったわ。何かしら？」

「いえ、精霊様方がいらっしゃるこの空間に当てられていないかと」

この分だと平気でしょう。心配した私が馬鹿でした。

その後は皆で運ばれてきたスープとパン、そして牛肉のローストを食べる運びになります。

一口含むと、辺境の料理とは思えない芳醇《ほうじゅん》な味わいが口の中に広がります。

スープはハーブやスパイスを上手く活かした味付けがされたもので、ふっくらとしたパンによく合います。牛肉のローストはしっとりとした舌触りを感じた後に、牛肉の旨味が広がりました。

どうやらニコラ様、只者ではありません。

昼食の途中、ドーマ様が口を開きます。

「それにしてもサーシャはよく一目で俺のことわかったな」

「わ、わかるわよ！　昔から変わってないじゃない」

「そうか？」

不思議そうな顔で牛肉を頬張るドーマ様。

「でもサーシャは結構変わったな。何というか……大人になった」

「そ、そうかしら？」

お嬢様は嬉しそうに照れておられます。

『烈火姫』のあだ名の通り、国内の貴族のみならず、国外の王族からの求婚も辛辣《しんらつ》な態度で断り続けてきたお嬢様。まさかこんな一面を持っているとは誰も思わないでしょう。

お嬢様の話によれば、ドーマ様は少し黒ずんだ灰色の髪をしており、凛々しい目つきと理知的な口元が素敵な紳士とのこと。

ですが、私にはその辺によくいる青年にしか見えません。確かに魔力は目を見張るものがありますが、隣のラウラ様の方がよっぽど化け物です。

「ね、ナターリャ、私の言った通りの人でしょ？」

「そうですね」

そうですか？　という内心のハテナを呑み込んで、私はお嬢様に笑みを向けます。

ぽわわーんと惚《ほう》けるお嬢様。お嬢様が本気で迫ればイチコロだと思いますが。

しかし、確かに先ほどからドーマ様は、魅力的なお嬢様のお胸に一度も目線をよこしません。隣のノコ様は胸をガン見しているのにもかかわらずです。

紳士といえば紳士でしょう。好感が持てます。

まあ、お嬢様がいいならいいのです。しかし、残念なことにライバルは多そうです。

お嬢様と話すドーマ様の服の裾を、ラウラ様がぎゅっと掴んでいるのを私は見逃しませんでした。

☆

「あ、あんなに緊迫するお食事会は、わたし初めてだったのです……」

「だな」

なんとか地獄の昼食会を終え、ほっとした様子のニコラに、俺、ドーマは同意した。

ノコは人見知りして一切話そうとしなかったし、かくいうニコラも主人同士の会話に口は出さないスタイルだった。ナターリャというサーシャの付き人も同じ。ラウラ？　借りてきた猫だ。

というわけで、俺とサーシャ、たまにクラウスが喋るという地獄の昼食会だったわけである。

とはいえ、誤解が解けて良かった。俺が二人の子供を誘拐し、一人をメイドとして無理やり働かせているると勘違いしていたようだったからな。ひどすぎないか？

それから少しの食休みを挟んで、サーシャらはお色直しをするためにニコラに連れられて客室へ向かっていった。

その隙に、クラウスが話しかけてくる。

「お前、王宮魔術師だったのか？」

「ええ。言ってませんでしたっけ？」

「そんな大事なこと、早く言え。というかここはなんだ？　モンスターハウスか？」

「心外な」

どう見ても、少女が三人と犬が一匹と人畜無害な魔術師が一人のほんわかハウスだろうが。

俺は話題を変える。

「ところでバストンは大丈夫そうですか？」

「あぁ。あいつの作戦は完璧だ」

クラウスによると、適当に時間を稼ぎながら、バストンは国に応援要請を送っていたらしい。今までの期間に証拠を集め、提出。証言者はギルド職員のバストン、それに村長のトーマス。村をいたずらに貶《おとし》める連中を裁くには十分な量だ。

ようやく国から認可が下り、ローデシナの衛兵、そしてグルーデンの公権力と連動して、例の組織潰しに取り掛かるらしい。

「上手くいきそうですね」

「そうだ。じきにローデシナは平和になる」

バストンらしい作戦だ。ならず者がいくら数を増やそうとも、公権力がまともに動けば敵《かな》うはずもない。それに、認可が下りれば俺もラウラも武力を振るう理由ができる。

「そういうわけだ。若いもんは家でゆっくりしておくんだな」

「クラウス……！」

やはり時代はイケオジである。

クラウスはニッと笑うと、腰を浮かせた。

「じゃあ、俺ぁ帰る。面倒ごとは嫌いなんだ」

「え？」

イケ……オジ？　まあクラウスはただの巻き込まれた人だったので仕方ない。

それにノコがクラウスを怖がっていたしな。ノコはラウラにボコボコにされたせいで剣士を怖がっているのだ。ラウラの罪は重い。

そうしてクラウスを送り出し、戻ってきたタイミングでサーシャが階段を下りてきた。

思わずハッとした。風呂に入ったのか、さっぱりとした彼女からはほのかにいい匂いがする。

それに今までのサーシャとはまったく違う格好をしていたのだ。

白いワンピース。

上質な素材で作られた布は美しく光を帯び、肌を見せつつも上品にあしらわれたフリルがあどけなさも演出している。露出された肩にはふんわりと銀色の糸が流れ、透明な肌と合わさって芸術品のような美しさを感じさせる。その上フリルで覆われた胸元や純白の布からすらりと伸びた脚から大人の色香が薫《かお》る。

「どう……かしら？」

こちらを窺うような目線で、サーシャはじっと俺を見つめている。

どうと言われても似合うとしか言いようがない。こんな時、なんと言うのが正解なのだろうか。

なんて考えているとニコラに足を踏まれ、「綺麗って言うのです！」と呟かれる。

「き、綺麗だよ」

「ほんと？　嬉しい」

サーシャは満足そうに微笑む。なんだ？　昔と印象が全然違う。

ニコラはやれやれという表情をして、「はあ、ご主人様は罪な男なのです」とぼやいていた。

罪？　よくわからないが、反省しようと思う。

図々しいことにサーシャはこの家に住むつもりでやってきたらしい。

三階の空き部屋を見つけると、意気揚々と荷物を広げ、一日で実家のように寛《くつろ》ぎ出した。

まあ、ニコラ以外は全員居候《いそうろう》みたいなものなので「賑やかで楽しいのです！」とニコラが言ってくれるのならば、俺がとやかく言う義理はない。唯一、文句を言いたいのは、あれだけある空き部屋の中で、何故サーシャは俺の隣の部屋を使うのだろうということくらい。

おかげで気を遣って、過激な魔術研究ができやしない。

仕方なく、深夜に使うのは爆発音が鳴るくらいの魔術でとどめたのだが——

「ちょっと！　うるさいんだけど！」

ドデカイ怒声とともにサーシャとナターリャが乗り込んでくる。寝起きにもかかわらず髪は整っているし、若干の化粧もしているし、流石帝国の姫。どんな時でも美しく、というわけか。

「ごめん、気をつけるよ」

俺がそう言うと、サーシャは微笑む。

「……まあいいけど！　目が覚めちゃったし、話でも聞かせなさい」

「なんでだよ！　いやいや、夜更かしは肌に悪いぞ。な？　ナターリャさんもそう思うでしょう？」

「そうですよお嬢様、ドーマ様のようなガサガサ肌になりたくなかったら寝ましょう」

嘘だろ？　と思い急いで鏡を見ると、俺の肌はつるるんと光っていた。なんだ。嘘か。

「ほらほら帰った。子供は寝る時間だぞ」

「私、先生より年上なんだけど！」

「そうだっけ？　それより寒そうじゃないか。この布を着て帰りなさい。温かくして寝るんだよ」

「お母様!?」

サーシャが叫ぶ。

ラウラの世話役をニコラに取られて以降、行き場を失った俺の母性がうずうずとしていたらしい。

それもこれもサーシャが薄手のシュミーズなんて着ているからだ。

薄ピンク色のシュミーズは露出が多く、見るからに寒そう。お母さん、心配よ。

「……私と話したくないの？」

サーシャの言葉に、俺は頷く。

「ああそうだ。俺は魔術研究がしたいからな」

「サイテー！」

ドフッと俺の腹に蹴りを放ち、皇女殿下は自分の部屋へお戻りになった。

まったく。俺は暇ではないのだよ……さて、暇だし星でも見るか。


恐らく期間限定ではあると思うが、二人増えただけでも家はかなり騒がしくなる。

朝階段を下りていくと、庭ではラウラがいつものように素振りをし、隣にはイフのもふもふを取り合っているノコとサーシャの姿がある。

キッチンにはメイドが二人立っている。どうやらナターリャのメイド技術は相当なものらしく、ニコラも認めざるを得ないようだ。というか、姉ができたみたいに嬉しそうに家事を一緒にしている。

そんな中、俺はダイニングで椅子に座り、庭をぼーっと見ながら朝を過ごす。まるでラウラになった気分だ。しかし、それが心地いい。

外からはわいわいとじゃれ合う声が聞こえ、キッチンからは耳を満たす料理の音が入ってくる。平穏とはこの時間のことを言うのだろう。

しかし、事件は朝食中に起こった。

「ねぇ、私の勘違いならいいんだけど、先生とラウラ、いつも同じ服着てないかしら？」

「……」

隣に座るラウラは俺をじーっと眺め、こくりと頷いた。

「汚い」

「ちゃんと洗ってるんだが？」

実に失礼だ。

同じ服を着る。良いことじゃないか。何も一着を着回しているのではない。まったく同じ服を三、四着で着回しているだけだし。それはラウラとて同じこと。小さい鞄に入った少量の荷物は、まったく同じ服が三着。無頓着すぎるだろ。

「しょうがないわね。帝国皇女のこのアレクサンドラが似合う服を見繕ってあげるわ！」

この流れのサーシャはもう止められない。

何とか犠牲者を増やそうとノコを誘ったが、「人間さん、このノコが行ってあげると思うですか？」と普通に断られた。だよな。

精霊や妖精は服になんて興味がないみたいだ。それはニコラも同じようでずっとメイド服を着ているが、他の服を着ているところを見てみたい気もする。夜にたまに髪を下ろしているが、それはそれで可愛らしいのだ。

さて、そういうわけでラウラ、サーシャ、ナターリャと四人で村の服飾店へ向かう。果たしてローデシナの服飾店に、帝国の姫が満足するような服が置いてあるのか？

……もちろんなかった。

ほとんどが古いチュニックや肌着みたいな無地の村人服ばかりである。辺境に、染色された服なぞない。

予定を変更。サーシャの部屋に移動し、俺は見捨てられ、ラウラの試着会が始まる。

「ラウラって凄ーく可愛いんだから、もっとおしゃれしなさいよ」

「べつにいい」

どっちの意味かはわからないが、着せ替え人形で遊ぶようにキャッキャと服を当てるサーシャに、ラウラは為されるがままだ。

もうどっちが姫様かわからない。二人が楽しんでいる間、俺は外に追い出された。暇なのでキッチンへ行くと、ニコラが机に突っ伏してスヤスヤ寝息を立てていた。

色んなことがあった。彼女も疲れているのだろう。上着をかけ、体が冷えないようにしておく。

「この家はいいですね」

「ナターリャさん」

「どうぞ、ナターリャとお呼びを」

サーシャのメイド、ナターリャもまたブランケットを持ってきたところだった。冷徹な印象の彼女だが、優しい一面が垣間見えた。

「家は主人によって雰囲気が変わるものです。良い家には、良い人がいるということ……そうだ、こちらをどうぞ」

ナターリャはクッキーを一皿手渡してくる。ニコラのクッキーとは異なり、大きく分厚いケーキみたいなやつだ。

「ありがとうございます。サーシャにも渡してきます」

「ええ、大好物ですので」

やれやれ、サーシャもまだ子供だな。

クッキーを持ち、部屋の前まで戻ってきた。静かになっているし、大方飽きたのだろう。

俺はドアを開ける。

「ん……」

ドアを開けると、服を脱ぎかけているラウラが、あられもない姿で立っていた。

隣には、これまた派手な下着を着けたサーシャが――

「し、失礼しやした！」

「ドーマなら、別にいい」

ドアを閉めようとしたらラウラがそんなことを言う。非常に誤解を招く言い方だ。

「な、何!?　その反応？　ちょっと、どういう関係なのよ！」

「……一緒にお風呂にはいった？」

「ちょ、ラウラ？」

それはマズいだろうと止めようとしたが、遅かった。

サーシャが怒鳴る。

「へ、変態！　犯罪者！」

「ほらぁ！」

酷い言い様である。だが俺とて王宮魔術師。理性の塊だ。それにまあ、ラウラだし……

「ラウラも女の子の自覚を持たなきゃだめよ。男はみんなケダモノなんだから。ほら、先生もこれを見て何も思わないわけ？」

サーシャがラウラの体にくっつき、指し示す。

ふっくらとした白い肌。成長途中の胸。するっと健康的な脚にピンクの下着が映える。

「……」

ラウラの頬がほんのり染まり、何かいけないものを見ている気がして、俺は目を逸らした。

「な、なによこの雰囲気……」

見ろって言ってきたのはサーシャなのにそんなことを言う。

「そんな軽々しく見せるものでもないだろ。さ、もういいだろ」

変な空気になる前に退散しようと……したのに、手首を掴まれた。

「ラウラだけずるい。私も見てよ」

「は？」

思わず振り向くと、サーシャの胸が目に入る。ラウラとは違う、色香を放つスタイル、均整の取れたプロポーションと、スラッとほどよい肉付き、そして足先を彩る赤のマニキュアが目に焼き付く。

顔を赤らめ、ぎゅっと目を瞑るサーシャは学園時代と違い――

「サーシャ、なんか……前より太った？」

学園時代は痩《や》せていて心配になるほどだった。健康でなければ、魔力も上手く働かない。

そう指摘したのだが、今ではふっくらと肉肉しい健康的な体になっている。成長したな！

「死ねっ！」

「なんで⁉」

ボコボコにされた。

不機嫌なサーシャに発言の意図を説明したが、恨みの籠《こも》った視線を向けられる。

土下座までしたところで、サーシャはようやく渋々頷いた。

「もういいわ。先生って昔からそうだ。それに、今日の主役はラウラだしね」

というわけで俺は正座し、膝の上に石を載せられる。

そのままラウラの衣装品評会は始まった。

ラウラが身にまとっているのは、王国貴族の令嬢風ドレス。

膨らんだスカートが印象的で、重たそうな服はラウラには似合わない。着飾られた人形のようだ。

そう言ったらラウラはそっぽを向いてしまい、載せられる石が増えた。すまん。

お次は冒険者風の衣装。

サーシャサイズなのでラウラが着ると色々なところがブカブカだ。子供が親の服を着たみたい。

続いて町娘風。ほとんど無地のワンピース。

これが一番しっくりくる。噴水の近くでラウラがぼーっとしているのが目に見えるようだ。

最後に古代魔族の生贄《いけにえ》儀式風。

大きな一枚の布を、腰元の赤い帯で結んだだけの簡易衣装だが……なんで持ってるんだよ。

「どれも素材が良いから似合うわね」

「ドーマはどれ？」

サーシャとラウラがそれぞれそう口にする。

ラウラは布をひらひらさせながら、こちらを向いている。

俺は答える。

「いつものやつがいいな」

「そう」

何故かラウラは満足げだ。やはり無頓着仲間として、その答えを待っていたのだろう。

サーシャはそれを見て「あーあ帝国に戻りたくなってきたわ」と服を放り投げた。

その勢いのまま彼女は言う。

「先生は昔のこと覚えてる？　学園の時のこと」

「もちろんだ。俺が飛び級で首席卒業した」

「それ以外よ」

……何かあったっけ？

学年対抗戦やら研究発表会やらイベントはあった気がするが、ほとんど記憶に残っていない。思えばあの時は優れた魔術師になろうと必死だった。

そう考えると、今は随分落ち着いたものだ。

サーシャもそれを感じたのだろう。

「あの時とは随分変わったのね」

「そうだな」

「外見はそのままでも、中身は変わってしまったわ」

そうだ……いやいや、外見も変わっただろ。

そんなツッコミを入れる雰囲気ではなく、場はしんみりとするのだった。


次の日から、サーシャはまた魔術を教えてほしいと頼みに来た。

「先生の弟子なんだからいいでしょ」

「いつから弟子になったんだ？」

「ふふん、忘れたとは言わせないわよ」

そう言って、サーシャはとあるエピソードを語る。

彼女によると、当時非凡な才能を発揮して学園有数の生徒だったサーシャ。そんな彼女は上級生や先生までもボコボコにし、悦《えつ》に浸っていたという。そんなサーシャに俺は勝負を挑み、彼女を完膚なきまでに叩きのめすと「今日からお前は俺の下僕な！」としたり顔で言い放ったらしい。

「う、うおおおお」

十二歳の黒歴史に思わず頭を抱える。そんなこと言ったのか。

あの時の俺は世間を知らなかったのだ。一番強い奴が一番偉いと思っていた。

帝国の皇女にそんなことを言って、よく生きてこられたな俺は。

「というか、下僕って弟子じゃないだろ」

「同じよ。それとも本当に下僕がいいわけ？」

「そんなわけない」

サーシャがむっとした表情で俺の足を蹴ってくる。

「ふふん、まあいいわ。先生の過去を広められたくなかったら、私を弟子だと認めなさい？」

「ひ、卑怯な！」

悪人顔でそう迫ってくる皇女に逆らえるはずもない。

しかし、弟子にするならば厳しく育てなければ俺の恥。『末っ子はゴブリンに預けよ』ということわざがあるように、可愛い子ほど鬼の心で接しなければ成長しないのだ。

とはいえ、現時点でサーシャは相当優秀だ。

帝国でも魔術は勉強していたらしく、二層式の連立魔法陣までは履修済みらしい。

流石は俺の弟子。俺の弟子なだけある。飴ちゃんをあげよう。

だが三層式になった途端、難度は上がる。

例えてみるならば、ラウラが一人で部屋の掃除をするぐらいの難度だ。とても難しい。

俺がそう説明すると、サーシャは微妙な表情で首を傾げる。

「つまり……どういうことよ？」

「理屈は連立魔法陣と同じだ。二つの魔法陣と同調しそうな魔法陣を重ねる。崩れそうになったら描き換える。それを何度も繰り返して成立する魔法陣を描き出すんだ。理屈さえわかれば、簡単だろ」

実践してみせたが、よくわかっていないようだ。まあ習うより慣れろ、だな。

三層式を使いこなせるようになると、魔術の幅は格段に広がる。

例えば『火魔術』×『強化魔術』の連立魔法陣に、さらに強化魔術を掛けたり、維持魔術によって連射性を持たせることもできる。

可能性は無限大だが、実戦の場面では無限だと困るので、型にはまった魔術を使うことも多いけど。

「あ～もうわかんない！　気晴らしに外に出かけるわよ！」

「もうしょうがないな～」

日陰の動物こと魔術師にわざわざ外出する奴なんていなかったので、思わず困惑するが、まあ弟子の頼み事は聞いてやらないとな！

村の中心部まで出てくると、若干村人たちがざわめいていた。

何かあったのだろうか？　と思い、近くの女性に尋ねてみる。

「アンタは冒け――」

「公務員です」

お決まりの問いに答えると、女性は教えてくれた。

話によると、どうやらグルーデンからの役人が村長のトーマスを訪ねてきたらしい。複数の護衛を連れ、グルーデンの幹部らしい姿も見かけたというから大ごとになるぞと村は揺れている。

どうやらバストンの思惑通りになったようだ。

「ねぇ、何があったのかしら？」

サーシャの質問に、俺は端的に答える。

「田舎の権力争いだよ」

「ふーん、つまんないわね」

「なんでみんな権力なんて欲しがるんだろうなあ」

帝国のサーシャからすれば見飽きた光景だろう。

辺境よりも過激な合戦を観劇している皇女は、この程度で動じない。

「でも、嫌な風は感じるわ」

サーシャはポツリと呟いた。

確かに、ローデシナの上空はずっと前から荒れ模様だった。

☆

村長の邸宅にて。

「なるほど、これが書類かね」

「トーマス殿、間違いないかな？」

都市グルーデンの幹部は公式の書類を村長トーマスに手渡して問う。

そこには次のような内容が認《したた》められていた。

・バストンとトーマスを証言者とする
・王宮《ロイヤル》と名を偽る者たちが治安を乱している
・反乱の可能性あり
・早急に軍の派兵を行ってほしい

間違いなく、バストンが提出したものである。

その書類をトーマスはまじまじと見つめて、首を横に振った。

「こんなものはまったく知らぬ」

トーマスはビリビリと書類を破り捨てる。彼が書類の内容を認め、幹部が持ち帰り、兵を派遣する。それで終わるはずだと考えていた幹部は、驚いて目を見開いた。

（馬鹿な、この村の治安が乱されているのは間違いない）

そして念のため、確認することにする。

「正気かな？　今の言葉は公式なものと受け止めて良いのか？」

「くどいっっ！」

トーマスは一喝《いっかつ》する。

幹部は思わずたじろいだ。

その隙を突くように、トーマスは続ける。

「帰れっ！　ここはお主らのような余所者の場所ではないッ！」

「ぐっ……ではこれで失礼する」

幹部は何かがおかしいと思ったものの、正式な書類がなければ兵を動かせない。

すごすごと村長の邸宅を後にする他なかった。

それを部屋の窓から見届け、トーマスはニヤリと笑う。

「まったく、役人ってのは間抜けなもんだな」

言い終えた瞬間、トーマスの体が、否、空気そのものが振動する。

まるで空間が歪むようにトーマスの体がぐにゃりと折れ曲がると、彼の体は両頬に大きな傷痕《きずあと》を持つ青年へと変貌《へんぼう》を遂げた。

変幻《へんげん》魔術。『血統魔術』と呼ばれる、ある特定の一族のみが扱える特殊な魔術である。その使い手である青年は、カーテンの裏に隠れていた魔術師を呼び出した。

「おいビルズム、これがバストンの策か？」

「グググッ、ギギギッ、そうだゼダン。あっけないもんだなあ？」

つまらん。ゼダンはそう呟くと、空気を震わせて再び魔術を纏い、鎧姿の大男に変化する。

「実につまらん男だ。失望した」

「グググ、しかし危険だ。公権力に動かれては危ない」

トーマソンが想像以上に役立たずだったせいで、彼を地下に監禁し、ゼダンがわざわざ村長を幽《ゆう》閉《へい》し、成り代わるという面倒な手段を取らなくてはならなくなったのである。

変幻魔術のゼダン。死霊術のビルズム。

この二人であれど、まともに権力を相手にするには、流石に分《ぶ》が悪い。

「ググ、お前が最初からこうすれば良かったんだ」

「何を言う。お前は地を這う虫になりたいと思ったことがあるか？　腐った果実になりたいと思ったことは？」

ビルズムは沈黙する。

それを見て、ゼダンは口角を上げる。

「案ずるな。問題はない。本部からナゼルを呼んでおいた」

「ググ……あの男を？　奴は嫌いだ。暗殺者として腕は立つが、何せ戦闘狂すぎる」

「だが実力者だ」

ビルズムが納得いかない表情をしているのを見て、ゼダンは笑った。

「ははは、あくまで念のためだ。我々が主役なのは変わらぬ。さて、少し引っ掻き回してやるとするか」

ズズズと再び空気が震える。ゼダンの鎧姿が解け、一旦青年の姿に戻ると、再び変幻していく。

現れたのはビルズムの因縁の相手。そして事あるごとに名前が出る厄介者。大杖を背負った魔術師であった。

「さて、バストンはどんな反応をするかな？」

・・・・・魔術師ドーマは、不敵な笑みを浮かべて冒険者ギルドへ歩き出した。

☆

ローデシナ村の夕暮れ時。

村の西側は赤く燃え上がり、夜の知らせを告げるカラスがどこからともなく冒険者ギルドの屋根に止まった。定刻だ。

「ふむ、諸君らは先に帰りたまえ」

「えーバストンさんも飲みに行きましょうよー」

「妻が待っているのでな」

バストンは職員らの誘いを断ると、彼らを先に帰らせた。

そして顎に手を当てて、首を捻る。彼にはある懸念があったのだ。

「ふむ、遅いな」

そろそろ村長のトーマスから知らせが来ていい頃合いだ。バストンは遠くの方をぼんやり眺めた。

ローデシナの夕焼けは美しい。

緑の大地と赤い空が溶け込むような一瞬は、一日の中でも特別なひとときだった。

（この光景のように、誰もが自然に馴染み、手を取り合って暮らしていければどれほど幸せなことだろうか。本来、ローデシナとはそうあるべきなのだ）

「いかんな。俺もそろそろ帰るとするか」

思案に暮れていると時間はすぐに過ぎていく。

冒険者ギルドの椅子に座って考えるだけでは、何も解決しないとわかりながら、それでもバストンは安寧を願って考えてしまうのだ。

「カァー、カァー」

ギルドを出ると、屋根の上でカラスが鳴く。

ローデシナにカラスが現れるなど珍しいので、バストンは思わず見上げた。

そこへ、現れる一人の影。

「よおバストン、今日は終わりか？」

「おおドーマじゃないか」

振り向くと、彼が手を振って立っている。

同胞ドーマ。最初彼の姿を見た時、思わず全身の毛が逆立ったのを覚えている。魔力は同胞ラウラの方が多いものの、その洗練された一糸乱れぬ魔力の扱いは群を抜いていた。さらに、そんな実力を持っているのにもかかわらず、腰が低いのも好印象だ。

それに、バストンから声をかけることはあっても、ドーマから声をかけられることはあまりない。

今日は珍しいことが起こるものだと、バストンは少し表情を綻《ほころ》ばせる。

「ドーマよ、村の様子は見てきたか?」

「いいや、見てなかったな」

「それならばいいんだが……ちょうどいい、ドーマよ。村長の元へ行かないか?」

「ああいいぜ」

そうしてバストンは前を歩き始める。

バストンは実力者だ。元はSランク冒険者であり、ローデシナに来たのは左遷されたからではなく、バストン自身の希望だった。三十代に入り、肉体に少し衰《おとろ》えは見えるものの、実力は現役時代とあまり変わらない。それを支える一つの要因として、彼の警戒心の高さがある。

しかし、そんなバストンの背中が、ドーマに対する信頼から空いた。

それはまさに絶好機だった。ローデシナを取り仕切る冒険者ギルドの最重要人物。彼さえいなくなれば、相当計画は楽に進むことだろう。そんな絶好機を逃すドーマではない。

腰元から剣を抜くと、一気にバストンへ駆け寄り、背後から突き刺す。

ドスッ、という鈍《にぶ》い音が響いた。

「ぐっ。な、何を……?」

どしゃりとバストンは力なく膝をつくと、そのまま体を地面に横たえる。

緑の大地と流れ出た赤い液体は、まるで夕焼けのように美しく溶け合っている。

「ふん。じゃあな」

吐き捨てるように言うドーマの耳に、遠くからバタバタという足音が聞こえた。

「な、何をしてやがる！」

目撃者を作れたのを確認し、ドーマはニヤリと笑い、森の中へ姿を消した。

「カァー」

カラスが鳴いている。夜がやってこようとしている。ローデシナを包む暗い夜が。


「そんな……嘘だろ？」

息を切らしてやってきて呟いたのは、酒瓶《さかびん》を持ったクラウスだった。

村人と連れだって、酒でも酌《く》み交わそうと誘いにバストンの元へ向かおうとしていたのだ。

「お、おい！　急いで医者を呼べ‼　早く！」

「た、大変だべ！　殺しを見てしまったべ⁉」

クラウスと村人は慌てて、来た道を戻っていく。

「あの姿は……確かに……」

クラウスは歯軋りしながらそう呟いた。

夜がやってくる。暗い夜が。

☆

「ふわあ」

今日も平和だな〜と俺、ドーマは伸びをする。

ベッドから下りて窓から外を見ると、穏やかな日差しが差し込む。

今日も今日とて良い天気である。

顔を洗おうと踵を返すと、何故か目の前にサーシャとラウラが座っていた。

思わず飛び跳ねる。

「だからこの魔法陣はこうなるってわけ」

「へー」

何故か二人は仲良く魔法陣の入門書を読んでいる。ラウラはあんまり興味はなさそうだが。

「何してるんだ？」

俺が聞くと、サーシャは頬を膨らませる。

「ちょっと起きるの遅くない？　もう昼なんだけど」

「まだ朝だよ。なあラウラ？」

「ひる」

うちの姫様がそう言うなら昼です。

ラウラはじーっとこちらを見つめている。

や、やめて！　すっぴんなんです！

「せっかく弟子が朝から教わりに来たのに先生が寝てるなんて。ね、ラウラ」

「でもサーシャ、ドーマみてたのしそうだった」

「ち、違うわよ！　アレは！」

そんな風にサーシャとラウラは楽しげに話しているが、寝起きには辛い。

とてもそんなテンションではないので顔を洗って歯を磨き、寝巻きからいつもの服へと着替える。

「ちょっと、乙女がいるのになんで目の前で着替えるわけ？」

そう口にするサーシャに半目を向ける俺。

「別にいいだろー減るもんじゃないし」

「廊下で着替えなさいよ」

「何でだよ！　俺の部屋なんですけど!?」

サーシャは出ていく気がないし、ラウラは着替えている間も容赦なくこちらをじーっと見てくるので仕方なく廊下に出た。

そうして服を着替えていると、ニコラがにっこり笑顔で横に立っていた。

俺はあわあわとしてしまう。

「違うんですニコラさん！　追い出されたんです！　別に変態じゃないんです！」

「別にわたしはご主人様が変態でも受け入れるのですよ」

「でもちょっと、洗濯物は分けるかもしれないのです」とニコラは虚ろな目でそう付け加えた。

そして一瞬で表情を悪戯っぽい笑みに変える。

「……冗談なのですよ！　ところでご主人様、お客様が来てるのです」

「え？　客？」

「クラウス様と、衛兵の方なのです」

……？　何の用だろうか。

「変態を捕まえに来たのです」

ボソッとニコラは呟いた。

聞こえてるけど⁉

てへっという顔をすると、ニコラはぴゅーっと逃げていった。

まったく、お茶目なメイドさんだ……お茶目なだけだよね？

服も着替え、ある程度身支度を整えたところで玄関へ向かうと、機嫌の悪そうなクラウスが髭をいじって待っている。横には二人の衛兵と、村人が一人。

どんな組み合わせだ？

「あ、アイツだべ！」

「あいつが？」

近寄るなり村人と衛兵のそんな会話が聞こえる。

え？　まさか本当に変態だと思われてる？

「おはようございます。揃いも揃って何の用でしょう？」

「何の用だぁ？　おい、説明してやれ」

クラウスはわしわしと髭を弄りながら、衛兵に状況を話すよう促した。

衛兵は俺を疑うような視線で見やると、衝撃の事実を口にした。

「昨夜、バストンが襲われた。剣で背後から胸を突き刺されてね」

「え、バストンが襲われた⁉　それで彼は無事なんですか⁉」

俺の言葉に、衛兵は溜息混じりで言う。

「一応はね」

一命は取り留めているものの、予断を許さぬ状況らしい。

一体何が起こっている。誰がそんなことを——

「お前だべ！　お前がバストンさんを刺したところを見たべ！」

村人が言う。

誰だ⁉　と思って村人を見ると、その指は間違いなく俺の方向を示している。後ろを振り返ると、寝起きのノコがこちらに歩いてくるイフの背中に乗ってあくびをしていた。

ま、まさかノコが⁉　いや、そんなわけはない。

「そ、そんなことをする度胸はないですよ！」

「何⁉　度胸の問題だったのか⁉」

驚く衛兵の言葉に次いで、クラウスが冷たく言う。

「まあ詳しくは牢獄で聞かせてもらおうか」

ガシャン。

気が付けば俺の両手に手錠がはめられていた。

え？　なんで？

「えーっと、これは何の冗談ですかね？」

「魔術師ドーマ。お前をバストン殺害未遂の罪で連行する」

衛兵がおかしなことを言うので、俺は口をあんぐり開けてしまう。

「は？」

馬鹿な。俺がやるなら未遂じゃなくてちゃんと殺してるさ。剣で胸を一突きしたところで、即死じゃなかったらいくらでも治癒できるじゃないか。

「観念しろ！　目撃者がいるんだ！」

衛兵が言う。

目撃者？　俺なら証拠を見せないよう魔術で隠蔽《いんぺい》もする。目撃者なんてチリも残さず焼却である。

「そうだべ！　ワテはお前がバストンさんを刺すとこを見たべ！　それにクラウスも見たんだべ」

「そうだ。俺ぁ確かに見た」

クラウスは髭をわしわしとかくと、俺の肩にポンと手を載せ「まあ大人しく捕まってくれや」と言った。

クラウスにそう言われては仕方がない。無実の罪とはいえ、大人しく連行されてやるか。

「お、俺じゃない！　俺じゃないんだあああ！」

一度やってみたかったんだよな。暴れながら連行される人。

「おい、大人しくしろ！」

「すみません」

「うおっ⁉　何だよ、急に大人しくなるなよ」

別に楽しくもなかった。衛兵に手をかけさせるのも申し訳ないのでやめた。


そうして俺は牢屋にぶち込まれた。場所は村長宅の地下だ。地下一階は衛兵の詰め所に、地下二階が牢獄になっている。ジメジメして空気が悪く、あまりいい環境とは言えない。

「ここで時が来るまで待っていろ」

そんな衛兵の言葉とともにガシャン、と鉄格子が閉じられる。

手枷には魔力を吸い取る素材が使われていて、魔術を使えないように工夫されている。

実際に付けられるのは初めてだった。これが本物か。結構高いんだよなコレ。ちょっとワクワクするぜ。

「ふんっ」

しかしほんの少し魔力を込めると、手枷はパキッと冴《さ》えない音を出して割れた。

え？　おいおい、脆弱《ぜいじゃく》すぎるだろ。偽物か？

仕方ない。手枷を外したとバレると都合も悪いので、修復魔術で手枷を直し、さらには強化魔法陣も刻んでおく。これでこの手枷はさらに強力になるはずだ。

「そこの若いの。外はどうなっとる」

手枷で遊んでいると、向かいの牢獄からそんな掠れた声が聞こえてくる。

視線を移すと、頭には紙袋を被せられ、壁に手を固定されている人がいた。

声と魔力から判断するに老人だろうか。とても囚人とは思えない綺麗な魔力をしている。

「さあ？　俺もよくわからないですね」

「なんじゃあそれは」

呆れたように言うご老人の体は傷だらけだ。

痛々しいので治癒魔術で治してやった。ぱあっと老人の体が光り、みるみる傷が塞がっていく。

「⁉　これは⁉　お前さん、一体何をしたんじゃ？」

「治癒魔術ですけど」

「手枷は？　手枷をはめておるはずじゃが」

「あー、不良品だったみたいです」

まったく！　こんな備品を使う村長の顔を見てみたいな！

「む、只者ではないようじゃな。この際構っていられん。頼みがあるのじゃ」

「頼み？」

「頼む、ワシを今すぐここから出してくれないか？」

「ふーむ」

そんなの赤子の手を捻るぐらい簡単だ。

しかし、囚人を勝手に牢屋から出せば、それこそ俺は犯罪者になってしまう。

「ワシは……ワシは村長のトーマス。信じられないかもしれぬが、本当のことなんじゃ」

「な、何⁉」

まさかの村長さんだった⁉　いや先ほどは思ってもないことを言ってしまい、すみません。

ここの備品、良いですよね。美しいものほど壊れやすいって言いますし！

「実は、王宮騎士を名乗るゼダンという男に騙されてしまってのぅ、こんなザマじゃ。情けない」

村長がつらつら語るには、ゼダンという男は突如トーマスの顔をして現れ、そのまま成り代わって村長宅を占拠してしまったらしい。衛兵たちは、まったく気が付かず従ってしまっているという。

なるほど、それが本当なら……

「今すぐにというのは無理な話です」

「そうじゃな。無理を言ってすまんかった」

がっかりした様子の村長。しかし、落ち込むにはまだ早い。

「それよりももっと楽しい作戦がありますよ」

ピーンと天啓を得たように頭の中に湧いたのだ。この状況を利用した、楽しい楽しい作戦が。

☆

「……というわけなんだ」

大きな洋館の玄関口。

今さっきクラウスが事情を説明し終えたばかりである。

ドーマが衛兵に連れていかれるなど、彼女たちからすれば青天《せいてん》の霹靂《へきれき》だろう。

しかし、クラウスは困惑することになる。

屋敷の住民の反応があまりにも想定していたものとは異なっていたからである。

ラウラは庭でいつものように素振りをし、キノコの妖精と白虎はその隣で眠っている。ナターリャはキッチンで料理を作り、ニコラとサーシャだけが玄関で腕を組み、その話を聞いていた。

ほとんどの住民が、いつも通りである。

「なあ、まさかドーマが心配じゃないのか？」

逆にクラウスが心配する始末である。

「心配することなんて何もないのです」

「クラウス、あんた何もわかってないのね」

ニコラに続いて、サーシャはふんと鼻を鳴らすと自慢げな表情で、クラウスの前に立った。

「心配すべきなのは先生じゃなくて衛兵の方よ！」

ズガーンと衝撃がクラウスに走る。彼は悟った。

そもそも彼女らは、ドーマのことを『信じる』とか『信じない』とかそんな次元で考えていないのだ。もはや『冤罪である』という前提で考えている。

その関係性はクラウスにとって羨ましくもあった。

☆

「ふあ〜暇ですね」

牢獄で横たわりながら、俺、ドーマはのんびりとあくびをする。

体感的には半日経っただろうか。手枷で遊ぶのにも飽きて、やることがない。

「お主、ドーマと言ったな？　本当に策はあるのじゃろうな」

トーマスの言葉に、俺は頷く。

「もちろんですよ」

そもそも何故ゼダンは、人に化けるなんてまどろっこしいことをするのだろうか。

違法に村を掌握してしまっては、国の軍が動いてしまうからに他ならないと俺は推測している。

国が本格的に動けば、奴らに勝ち目はない。その辺はきっちり弁《わきま》えているのだろう。

だからこそ奴らは村長の息子を仲間につけ、村長に成り代わり、冒険者ギルド職員を潰し、新参者の俺に罪を擦《なす》りつけるという手段を行っているのだ。過激に動けばことを仕損じる。国が気付かぬようにゆっくりと侵食していき、完全に村を掌握するまでは尻尾《しっぽ》を出さない。

尻尾を出さない以上、奴らに仕かけてもやり過ごされてしまうだろう。

そう考えるとこれは絶好の機会である。

「……む、誰じゃ？」

トーマスが身じろぎする。

階段の方からコツコツと足音が聞こえてきたのだ。

地下の空間に響く足音の主は、やがてゆっくりと姿を現す。

「なんだ、ラウラか」

桜髪のちんまりした少女――ラウラがスンとした表情で現れた。

「わざわざ助けに来てくれたのか？」

「……………」

無視⁉

ラウラは黙って牢屋に近寄ってくると、どこから手に入れたのか鍵を使って牢の扉を開けた。

ギィィと重苦しい音がして扉が開く。

「いやあ助かったよ。この手枷のせいで何もできなくてな。困ってたんだ」

ラウラは俺の言葉に頷くと、そっと俺に手を差し伸べてきた。

その手を掴み、俺は立ち上がって――

「……え？」

胸を突き刺されていた。

ラウラの手からは短剣が伸び、俺の胸元へと繋がっている。

「……な、何をするんだ」

じわりと胸部が赤く染まる。

意識が揺らぐ。もはや立っていられず、膝をつく。

「おい、何があったんじゃ」

そんなトーマスの声に返事する力もない。

俺は固い地面に体を投げ出す。赤い染みだけが目に映る。

「フッ」

意識の端ではラウラがそんな風に笑って去っていく。もはや顔を上げる気力もない。コツコツと足音は牢屋から去っていった。

全身の脱力感。意識が…………回復した。

「やれやれ俺じゃなかったら死んでたぞ」

完全に人気《ひとけ》が消えたのを確認して、俺はむくりと立ち上がった。

胸がズキンと痛む。やはり胸部を刺されると流石に痛い。

「な、何があったんじゃ!?」

慌てたようにトーマスが言うので、俺は冷静に答える。

「いやあ刺されましたよ。勘弁してほしいですね」

「刺され……？」

確かに短剣は俺の体を貫通していた。

しかし、こんなこともあろうかと、俺は全身に隈なく治癒の魔法陣を刻んでいるのだ。手足がもげたり、頭部が吹っ飛んでも塵にならなければ何とか再生できる。胸を刺されたぐらいでは死にやしない。まあ痛みが軽減できないのでやりたくはないんだけど。

「やっぱり俺を消そうとしてきましたね」

「わかっとったのか？」

「自分なら、そうしますからね」

魔術師を牢屋にずっと入れておくなんて、いつ爆発するかわからない爆弾を手元に抱えるようなもんだ。俺なら確実に殺す。実際、そうだった。

つまり、これで俺は死んだ人間だ。

ふふふ、むしろ死人のほうが都合がいいのだ。死人はつまり無敵の人である。

「さて、反撃といきましょうか」

まずは魔術で人形を作る。土をこね、できる限り俺に似せた体型の人形だ。もちろんこれだけでは死体でないとバレてしまうので、幻影魔術の魔法陣を刻み、滅多刺しにされた酷い有様の俺の死体に偽装する。

それにしても……幻影魔術か。

今度はラウラに化けるとは。ラウラは脳筋なので牢屋をスパッと剣で切るはずだ。鍵を使った時点で偽物だとすぐにわかった。

だが見た目のクオリティはかなり高い。

普通の幻影魔術では見た目は誤魔化せても体型は変わらない。しかし、襲撃者は体型も変わっていた。となれば血統魔術かな？

相当厄介だが、逆にこれでゼダンも油断してくれるはずだ。

ひとまずトーマスを解放し、紙袋を取る。禿頭《はげあたま》の爺さんだった。

鋭い眼光が俺を捉える。ウインクしておいた。

「……それで、これからどうするつもりじゃ？」

「葬式を開きます」

「む？　葬式じゃと？」

「ええ、俺の葬式です。どうせなら盛大に開きましょう。この村の重要人物をたくさん集め、悲しんでもらいたいですね」

「ふむ」

葬式と銘を打ち、村の要人を集める。ゼダンらからすれば、敵対勢力を一網打尽にできる最大のチャンスだ。しかしそれはこちらにとっても同じ。

獣はいつ油断するだろうか？

そう。獲物を狩る寸前である。狩る側は、いつだって狩られると思いもしない。まさか死人が喉元を狙っているなんて、想像もしていないだろう。

結局巻き込まれてしまったが、これが平穏までの最短ルートだ。

先に手を出してきたのは向こうだ。文句は言わせない。

トーマスは一考すると、頷いた。

「ならばワシも声をかけておこう。ギルド職員にワシの側近に……襲われたらローデシナそのものを奪われそうな面子《メンツ》じゃな」

「襲われないといいですねえ」

俺の言葉に、トーマスはカッカッカと笑った。

☆

「た、大変だ！　囚人が死んでいるぞ！」

どこからか聞こえたその一言で、詰め所で寛いでいた衛兵たちは慌てて牢屋の方へ下りていく。

その横を、幻影魔術で壁と同化した二つの影がすっと通り抜けるが、誰も気が付かない。

「こ、これは……!?」

衛兵たちが到着すると、二人いたはずの囚人のどちらもが全身を滅多刺しにされ、血だらけの状態で死んでいた。

魔術師の方は本人だと判断できるが、紙袋を被っていた囚人の方は損傷がひどく、誰なのかすらわからない。

「裁判はまだだというのに、なんとむごい……」

代表格の衛兵はしんみり肩を落とした。囚人が被害者の仲間に復讐されるのはよくあることだが、彼らにも言い分はあったかもしれないからだ。

「死体をご家族の元へ持っていけ」

「身元がわからない方はどうします?」

「我らで葬るとしよう」

そうして衛兵の何人かは棺《ひつぎ》に血塗《ちまみ》れの死体を入れると、そのままゴーストヒルの方へ運んでいく。

「最近はこんな事件ばかりだ……」

衛兵はぼそりとそう呟いた。

☆

さて、俺、ドーマと村長のトーマスは、騒ぎに便乗して牢獄から抜け出すことができた。トーマスはそのまま村長宅に残り、根回しを進めておくらしい。

ゼダンの手先に見つからないか心配だったが「なぁにワシはこれでも若い頃は腕利きだったんじゃよ」と、ヒョロヒョロの腕を振り回していた。爺さんの無茶を心配するのはいつだって若者の役目である。

さて、肝心なのは俺が死んだと思わせることだ。

つまり、変装する必要がある。というわけで覆面を被る。目と口の部分だけ穴を空けた黒い布をすっぽり被る形だ。なんだか強盗したくなってきたぜ!

気配を消しながらこっそり移動する。

とりあえずバストンが入院しているという、村の診療所へ向かった。

流石僻地だけあって、まともな治癒術師はいないようだった。診療所に入ると、包帯をぐるぐる巻きにされたバストンが寝込んでいた。

とんだやぶ医者がいたもんだ。これじゃあ治るものも治らない。

「災難でしたね」

囁き声で言いながら、治癒魔術をかける。

傷は塞がったが、失った血までは戻らない。しばらくは寝込むことになるだろう。

「う、うーん……俺の使命が……」

むにゃむにゃと夢心地でバストンは何か言っている。

「クラウス……また……腹踊りか……酔っ払いすぎだ……むにゃむにゃ」

……聞かなかったことにしておくよ。

バストンを治したところで、次は洋館へ。

先ほど衛兵たちが俺が作った、俺とトーマスの死体を運んでいったから、今頃は騒然としていることだろう……騒然としているよね？

俺が死んでもみんなは普通に生活していそうで心配になってきた。

ゴーストヒルへ近付き、こそっと物陰から覗いてみる。

「もうラウラったら、何言ってるのよ！」

「だってそう」

「えー、本当なのですか？」

俺の棺を囲みながら、キャッキャとサーシャ、ラウラ、ニコラがお茶をしながら談笑していた。

いや、なんでだよ！

もしかして実は「ドーマ邪魔だなー」なんて思われていたのだろうか。

ショックでまた胸に穴が空きそうだ。

「ん？」

メソメソ泣いていると、隣にいた男と目が合った。

まったく気が付かなかった。草陰に隠れていた隣の男も、驚いたようにこちらを見ている。

全身黒服を纏い、頭巾を被った怪しい男である。

「なんだお前は同業者か？」

「同業者？」

そう言われて思い出したが、そういえば俺も同じような格好をしている。

よくわからんが、適当に返事をしておこう。

「そうです。漆黒のドーマとは俺のことです」

「漆黒……？　知らない名だな。新参者か？　素晴らしいセンスだ。俺は常闇のナゼル」

ノリノリじゃないか。勢いで名乗ってしまったが、ナゼルは俺の名前を知らなかったらしい。

彼は手で顔を覆いながらクククと笑っている。

「漆黒。その振る舞い……見事な実力者だと窺える。こんな場所でお前は何をしているんだ？」

「え？　家に帰ろうとしてたところですけど」

「家？」

でも今更帰りにくい雰囲気なんだよなー。

なんて思っていると、ナゼルはハッとしたように目を見開く。

「貴様がドーマか！　ククク、漆黒！　俺を騙すとは大した覚悟だ！」

いきなり刃物を持って襲いかかってきた。

なんて野郎だ。短気のナゼルと改名しろ。ってか名前知ってたんかい。

「危ないだろ」

ギリギリで見極め、風魔術でペシッとナイフを払うと、ナゼルは驚愕の表情を浮かべる。

「見事だ漆黒！」

何故か褒められた。

「ん？　それは封魔《ふうま》の手枷？　クク、魔術師が自ら魔力を封じるなど愚《ぐ》の骨頂《こっちょう》！」

そういえば手枷をまだはめたままだった。

魔法陣をいじりすぎて、取れなくなっちゃったんだよな。てへへ。

その隙を見てナゼルは殴りかかってくる。だがスローモーションだ。

冷静に見極め、ひょいと躱してカウンターパンチをナゼルに叩き込んだ。

ナゼルは強い。強いが見たところ暗殺者なので、一対一はあんまりなんだろう。

「ゲホッ、流石は漆黒。見事な技だ！　その技は何という？」

「魔術師パンチだ」

「素晴らしい。ククク、だが軽い！　お前の拳は軽いぞ！　もっと気持ちを込めろ漆黒！」

気持ちって何だ？　気持ちを込めたら重くなるのか？

そんなタイミングで手枷が限界を迎えた。

パンチの衝撃で入ったヒビがみるみるうちに広がり、パキッと割れる。

その瞬間、抑え込んでいた魔力が解放される。

「し、漆黒!?　な、何だその魔力は」

ナゼルの動きがピタリと止まる。唖然としたナゼルは、ガタガタと足を震わせ、ぺたりと座り込んでしまった。

いつもは魔力を絞っているが、一瞬漏れてしまったようだ。全開の魔力は六年ぶりなので、どうにも慣れない。

「常闇。まだやるか？」

「ククク、やってられるか！　また会おう！　漆黒！」

そう言ってナゼルは一羽のカラスに変身し、空へと飛び立っていった。

何だったんだ。

だが悪い奴ではなさそうだった。いや、いきなり殴りかかってくる奴がいい奴なわけないが。

そうしてぼーっとカラスを見送っていると——

「ちょっと、帰ってきたなら言いなさいよ」

サーシャが腕組みしながら背後に立っていた。ラウラがその背後からひょいと顔を覗かせる。

「ドーマ、ださい」

「悪かったな」

気に入ってたんだけどな、黒マスク。

どうやら常闇との騒動で彼女たちに気付かれてしまったらしい。

「心配したんだから」

「本当か？」

「本当よ！　衛兵に何かあったらこの村にいられなくなるじゃない」

ところで俺の心配は？

微妙な顔をしていると、ラウラがそそっと俺の横にやってきて体を預けてきた。

「安心して。みんな、元気」

俺は？　俺は元気じゃないかもしれない。

「というか何よあの人形」

「プレゼント？」

「んなわけあるか」

どうやら棺を運んできた衛兵が「我々の不手際で、申し訳ない」と凄くしんみりしていたものの、いざ開けてみると、人形が入っていた、とのこと。

その棺を覗いてみると、俺が作った血塗れの呪い人形と、何故か大量のキノコが入っていた。

ノコがこちらを見て棺と俺の間に割り込み、慌ててキノコを退ける。

「違うです。これは人間さんの人形の魔力が美味しいわけじゃないです」

「そうか」

別にいいんだぞ。

とりあえず一旦家の中に入り、全員を集める。クラウスは俺の姿を見て、ニッと笑った。

「すまんなドーマ、犯人にしちまって」

「クラウスの一言がなければ本気で暴れてましたけどね」

あの時、クラウスは「俺ぁ確かに見た」と言った。目の見えないクラウスがだ。

彼が最初から魔力を見て犯人が俺ではないと気が付いていたから、俺も安心して作戦を考えることができた。

流石、腹踊り――もとい腹芸のクラウス。頭の回転が速い。

「で、次はどう動くつもりだ？」

「葬式をしましょう」

俺は計画を一通り、話す。

要するに、要人を餌にした誘き寄せ作戦だ。俺の葬式を装い、村の中心人物を集める。そこへ襲いかかってくる奴らを一網打尽にする。簡単だな。

「そんなに上手くいくかしら？」

サーシャがそう言うので、俺は笑う。

「いかなきゃ普通に葬式すればいいいさ」

「それもそうね」

それもそうなのか？

だがクラウスも妙案だと頷いて、身を乗り出してくる。

「だが、戦力差はどう埋める？」

「ふふふ、そんなのはどうにでもなるでしょう。それにこちらには村長も帝国皇女もいるんですよ？」

大義はこちらにあり。決行日は明日。

洋館内はラウラとイフがいればまず安全だ。ニコラ、ノコ、サーシャ、ナターリャは洋館の安全な場所で待機しておいてもらう。恐らくゴーストヒルを囲うように敵は襲ってくるだろう。

万が一の討ち漏らしがないように、屋敷の周辺の森に衛兵や俺が潜むのだ。

「俺ぁ、どこにいればいい？」

「クラウスはそうですね。棺の中にでも潜んでもらいましょうか」

「何？　俺が？」

「クラウス！　あんた先生に冤罪ふっかけたんだからそれぐらいしなさいよ」

「ぐっ……なんで俺が……」

微妙な表情をしていたが、クラウスは承諾した。

だが、敵も棺の中からクラウスがヌッと登場すれば肝を冷やすはずだ。ウケるな。

「では作戦はそのように。そうだ、怪しまれないように喪《も》に服したムードも出しておきましょう」

そうして俺の葬式の準備が始まった。

みんなが想像以上にノリノリだった意味は、深く考えないことにした。

☆

「グク……？　ドーマが死んだ？」

ビルズムが聞き返すと、側近はハキハキと答える。

「はっ、どうやら葬式の準備を行っている様子」

ドーマがあっさり死んだことに呆然としているビルズムに、ゼダンは言う。

「結局実につまらん男だった。何か因縁でもあったようだが、早く忘れることだ」

ゼダンの言葉に、ビルズムは怒気を孕《はら》んだ声で呟く。

「忘れる……？」


今からちょうど六年前、ビルズムは人生で最高の時を迎えていた。

帝国魔術学園。世界最高峰のその場所で、当時十八歳のビルズムは学園首席の座を手にしていた。

「あれが『天才』って奴か」

「十年に一度の逸材、ぜひビルズム君には我が組織に！」

そうして凡人に賛美され、ちやほやされるのはビルズムにとって気持ちの良いことだった。現に彼自身、自分を天才だと疑っていなかった。実際年上にも同年代にも決して負けなかったのだから。

そして学園首席はそのまま出世街道への片道切符になる。

しかし六つ下の男――ドーマの存在によって彼の自信は失われることになる。

ビルズムは完膚なきまでの敗北を味わい、地に伏しながら格の違いを味わった。

それからしばらくは勝とうと必死だった彼も、段々とドーマを認めていく。

いい就職先は奪われても、名声を失っても、それでも彼と働けたらどれだけ幸せだろうと彼は考える。

そうしてドーマの二番手として生きていれば、それでいいと思うようになっていった。

ある日、ビルズムはドーマに言う。

「な、なあドーマ。学園を卒業したらどうするんだ？　俺も右腕として頑張るからよ」

「お前、誰だっけ？」

その時、ビルズムの目の前が真っ暗になった。

全てがどうでも良くなった彼は学園を退学した。そうして一人になって、こう考えるようになった。

一番以外は、意味がない、と。

勝者が勝つのではない。勝った者が勝者なのだ。勝って勝って勝ち続けなければ、勝者ではない。

一番以外に勝っても、二番手であれば意味はない。二番手など忘れ去られ、無視され、奪われ続けるのだ。

それからビルズムは、奪い、無視し、忘れ去る側になるべく努力し続けることになる。

例えば胡散臭い組織に入ること、醜い肉体になること、禁術に手を染めること。


「ビルズム、聞いているのか」

ゼダンの問いに、一拍遅れてビルズムが答える。

「ググ……なんだ」

「また何か耽《ふけ》っていたな？　だからダメなのだお前は。いいか、葬式にはギルドの職員を始め、村長トーマスの側近も参加するようだ。馬鹿な奴らめ」

「そんなに人望があったのか」

ビルズムは驚いた。そして、大望が叶う予感に笑う。

「グググ……一網打尽だな」

(村の重要人物を皆殺しにしてしまえばローデシナは我々のものだ)

と内心で呟いたのち、再度口を開く。

「ゼダン、明日が我々の再出発の日となりそうだな」

「ああ。ところでナゼルはどうした？　もう着いているはずだが」

すると、側近が気まずそうに言う。

「それがその……帰りました……やってられるかと」

ビルズムとゼダンは揃って口を閉ざす。

（ナゼルは業界では名うての暗殺者だ。奴ほどの実力者からすると、この程度の戦いに招集されること自体がプライドを傷付けるということなのだろうか）

ビルズムはそう推測してみるが、その実際を知るすべは彼にはない。

「まあいい。どうせ戦力はこと足りる」

ビルズムがニヤリと笑うと、途端に大地からズズズと大量の人型アンデッドと、ヘルハウンドら魔物のアンデッドが湧き出してきた。

周りのならず者共は「へへへ」と薄ら笑う。

魔術界でも最も異端視されている禁術『死霊術』。

それを習得し、力をたくわえたビルズムに敵はない。

「ググ……どうせならドーマのアンデッドもボロボロになるまでこき使ってやろう。明日が楽しみだな」

ビルズムは高らかに笑った。

9

翌日の真っ昼間、しんみりとした空気の中、葬式は始まった。

幻影魔術で俺、ドーマの姿に擬態させたクラウスの入った棺を庭の中央に置き、周りを花で囲む。

参列者はその周囲をさらに囲い、一人ずつ棺に近寄って、最後の言葉をかける。

「どうじゃ？」

「うーん、今のところ動きはないですね」

洋館から遠く離れた森の中。俺は大きな木に登り、遠くから葬式の様子を眺める。木の下には村長のトーマスと……驚いた顔の衛兵隊長率いる衛兵十二人が控えている。

「まさかあの死体が本当に人形だったとは……魔術師とは凄いな」

「うへへ、もっと褒めてもいいんですよ？」

今さっき何故俺が生きていたのかを説明したら、そんな風に衛兵隊長が感心してくれたので、俺は鼻を鳴らした。

そんな時、葬式に動きがあった。

ニコラが、棺に近寄るなり迫真の演技を見せたのだ。

「うわあああん。ご主人様……なんで死んでしまったのですか……変態でしたけど好きだったのです……凄く変態だったのですけど」

あいつ、遊んでやがる。

村長の側近たちは驚いたような目でニコラを見ている。信じちゃってるじゃないか。

それからも滞りなく葬式が進むと、ギルド職員たちや村長代理を務める要人が姿を現す。と言っても、まったく面識はないのでトーマスに言われてようやく気が付く程度だ。よく参加してくれたな。

「うっう……ドーマくん……君との思い出は忘れない……」

まったく知らないオジサンが泣いていた。怖い。

そんな時、突如洋館の周辺の森にゾワッと波が広がった。

「かかった」

バサバサと鳥型の魔物たちが一斉に飛び去り、森はシーンと静けさに包まれる。

嵐の前のように、物音を立てることさえ躊躇《ためら》われる静寂に、思わずゴクリと唾を呑み込む。

「ア、アンデッドだ！」

誰かがそう叫んだ。

家の周りに目を凝らすと、大量のアンデッドに家が包囲されているではないか。

「これも……作戦の内なんじゃな？」

「もももももちろん！」

トーマスの言葉に、なんとか頷くが……まったくの想定外だぜ！

そういえば、相手に死霊術を使う奴がいることを忘れていた。

人間のならず者であれば、衛兵の存在や、クラウスや村長のトーマス、帝国皇女を見れば戦意を喪失すると思っていた。

そうなりゃラウラやイフでドカン。俺が後ろからズドン。簡単な戦いのはずだった。

だがアンデッドはアーアー言いながら突き進むのみである。話し合いができる相手ではない。

「俺たちも行きましょう！」

俺が慌てて言うと、衛兵隊長が驚く。

「あ、相手はアンデッドだぞ!?」

「生きてる人間より楽じゃないですか？」

「……それもそうだ。まさかこれも込みで？」

「ククク、計算通り！」

驚嘆の眼差しを向ける衛兵。ちょっぴり罪悪感。

ただ、相手がアンデッドならば、こちらは良心を痛めることなく魔術の練習台にできる。

衛兵たちは怖いだろうに、足を震わせながら勇気を奮わせ、駆け出していく。

「流石はローデシナの精鋭！　きっと立派な村長の賜物に違いない！」

「ゴマをするのはやめるのじゃ」

バレてた。

☆

「お、おい、こんなことは聞いていないぞ！」

「そうだ。アンデッドと出くわすなんて……」

厳粛《げんしゅく》な葬式が執り行われているところへ突如現れたアンデッドの大群に、村の要人一行は恐れ慄《おのの》いていた。

アンデッドに噛まれた者はアンデッドになり、死後天国へ行くことは叶わないと言われている。

アンデッドは今はじりじりと村人に迫っているだけだが、一気に襲われればひとたまりもない。

そんな時――

「何よ、みっともないわね。この程度で騒ぐんじゃないわよ」

ふんっと腕を組んだサーシャが棺の上に仁王立ちした。

流石は皇女。その場の視線を一瞬で集め、ビシッとある方向を指差す。

「死にたくなきゃ自力で何とかしなさい。ほら、あの子のようにね」

そこにはアンデッドを見た途端に抜刀し、その大群に単騎で突っ込んだ一人の少女の姿があった。

王宮騎士、ラウラ――通称『光姫のラウラ』。

彼女が美しい銀の剣を振るう度、神々しささえ感じさせる煌めきがアンデッドを屠っていく。

「ま、まるで鬼神のようだ……」

「おお神よ……」

あまりの無双ぶりに、思わず要人らは息を呑む。それはサーシャとて同じこと。

何せ最初にラウラを一目見た時は、ドーマに守られるか弱い少女だと思っていたのだから。しかしラウラの実力は常人と一線を画す。

（今は、あなたの方が先生の隣にふさわしいわ）

サーシャは苦虫を噛み潰したような表情を浮かべながら、アンデッドに向かい魔術を放つ。

三層式連立魔法陣は使えなくとも、彼女はれっきとした優秀な魔術師である。

燃え盛る火の玉はアンデッドに着弾し、燃え広がった。アンデッドの弱点は火である。

「おお、勝てる！　勝てるぞ！」

そんな要人の声で、芝に寝転がっていた白虎が目を覚ます。その精霊は森の守人と言われ、戦闘に特化した伝説の一匹である。

それはググと伸びをして、その勢いで巨大化した。

戦闘に特化した伝説の精霊が、神聖な森を死霊術で汚されて良い気持ちでいるわけがない。精霊は基本的には人間同士のいざこざには首を突っ込まないが、彼の住処であれば話は別だ。

「グロォォォオオオオオ」

白虎ことイフは大きく吠えると、死者の大群に飛びかかり、すぐに数十体を吹き飛ばす。それは猛スピードで動く巨石のようで、誰にも手がつけられない。

「な、なんなんだアレは……？」

死者の大群を送り込み、様子を眺めていたビルズムは思わず目を見開く。

それを見たゼダンは責めるように言う。

「おいビルズム、お前はそんなつまらん奴なのか？」

「ググ、馬鹿にするな。まだ手はある」

ビルズムが魔術を発動すると、ズズズと地中からヘルハウンドの群れが姿を現す。

死霊術を使うと弱体化するが、それでも数十体のヘルハウンドは相当な戦力に変わりない。

「質で負けるなら数で押す。グググ、基本だ」

そうして前線にヘルハウンドが送り込まれた。

素早いヘルハウンドはビルズムの思惑通り、鬼神のような剣士と巨大な聖獣の間を縫って洋館の方へ突っ込む。

先に要人さえ消してしまえば、あとはどうにでもなるだろうという判断だ。

「へ、ヘルハウンド!?」

「もう終わりだ……」

群れをなして飛び込んでくる悪犬の姿を見て、要人たちはへなへなと座り込んだ。

「何よ、これでも食らいなさい！」

サーシャは再び火弾を放つが、ヘルハウンドに簡単に躱されてしまう。

ラウラはアンデッドの大群に囲まれ呑み込まれようとしているし、白虎さえ、這い上がるアンデッドにイライラとした様子を見せている。

「もう！　どうすればいいのよ！」

八方ふさがりともいえる状況に、サーシャは弱気になる。

その時だった。

「まったく仕方ないです。この妖精にして至高のキノコたるノコが力を貸してあげましょう」

サーシャの隣にノコが偉そうに立つ。

そして彼女が体を震わせると、その体からバッと大量の粉が舞った。

胞子である。キノコの妖精たる彼女は、飛ばした胞子から敵の力を吸い取り、自らの力に変える。

死霊術がアンデッドを操るものなのに対し、キノコの胞子は生死にかかわらず寄生できる。

どちらが優れた能力かは明白だった。

雪のように降り注ぐ胞子がアンデッドとヘルハウンドに付着すると、その動きがピタッと止まる。

いくら素早いヘルハウンドといえども、降りしきる胞子を全て躱すことはできない。

「ノコの力をしっかり目に焼き付けておくです。傲慢《ごうまん》なる人間共！」

その声を皮切りに、アンデッドは殴り合い、ヘルハウンドは噛みつき合いを始めた。

「よくわからないけどよくやったわ！」

サーシャが褒めると、ノコはぐったりした表情を見せる。

「……疲れた。もういいです？」

「は、早いわよ！」

ノコは、なんと日頃からぐーたらしすぎて、いざという時に力が出ないという特徴を持っていた。

慌ててサーシャが大きな火炎弾を作り、燃え盛る業火を設置すると、ノコはアンデッドを操作してそのまま投身自殺させていく。

「ああ、神はいらっしゃったのだ」

要人の一人がそんなことを呟いた。

古代の神話に似た逸話がある。偉大なる人間の王が未知のアンデッドの大群に囲まれた時、神が降り立ち死者共を焼かれたという逸話だ。

☆

同時期、同じ光景を見て、ビルズムは顔を蒼白にしてガクリと思わず膝をつく。

「……ビルズム？」

ゼダンの失望したような視線に気付くこともなく、ビルズムは拳を地面に叩きつけ始める。

「ググ、馬鹿な。馬鹿な！　俺の死霊術が敗れるなど！」

「お前もその程度の奴か。つまらん」

溜息を吐き、ゼダンは地面から大剣を引っこ抜く。

誰も彼も役に立たない今、自分でやるしかない。

「俺はあの生意気な剣士を殺す。ビルズム、あまり失望させるな」

「黙れ！　俺は……俺は……」

言いながら、ビルズムは必死に思考を巡らせる。

（どうすればいい？　どうすればまた敗者にならずに、済む？）

「そうだ。ドーマの死体があるはずだ。ググ、家族は同士討ちをさせるに限る」

ビルズムはニヤリと笑い、近くのならず者――グロッツォミエントに指示を出す。

「おい、棺の中にある死体を取りに行け！」

指示に従いながらも、グロッツォミエントの胸中は複雑だった。

(我々は一体何のために戦っているのか。今まで盲目的に従っていたが、果たしてそれは正しかったのか)

しかし、グロッツォミエントは迷いを振り払うべく頭を大きく横に振り、棺へと近付く。

サーシャはアンデッドを燃やすのに手一杯で、グロッツォミエントたちには気付いていない。

「俺たちは間違っていない……」

グロッツォミエントはそう自身に言い聞かせるように呟いてから、棺を開ける。

「お前らはいつも間違っているさ。仕方のない奴らめ」

そう言ってヌッと棺から現れたのは、灰色の髭を蓄えるグロッツォミエントの師匠、クラウスだった。

「ク、クラウス⁉　何やってんすか⁉」

「俺ぁ何やってんだろうなぁ」

驚くグロッツォミエントに対してクラウスはそう言って、ニヤリと笑った。

☆

無限とも思えたアンデッドを一気呵成《いっきかせい》に平らげたラウラは、火炎が渦巻《うずま》く風景を眺めながら、ぼーっと立ち尽くしていた。

彼女には傷も汚れもなく、息すら切らしていない。

眠そうにふわあとあくびをすると、ジッと手にはめている指輪を眺める。

「綺麗」

その指輪を見つめると途端に時間が溶ける。何故かは考えたこともないが、その指輪を付けた日から体の調子がやけに良かった。

「よぉ大丈夫か」

ラウラが声のした方を向くと、指輪の贈り主であるドーマがいた。

しかし、ラウラは問う。

「誰?」

「何言ってんだよ、ドーマだよ。ドーマ!」

「どこが?」

(このクソガキ、話が通じねぇ!)

ドーマの姿をした青年――ゼダンは内心で毒を吐きながらも笑顔を貼り付け、ラウラに近付く。

変幻を見破っていたとしても、葛藤《かっとう》はするはずだ。そうなれば、動きは鈍る。

一撃で葬り去れる距離まであと少し。

変幻魔術。その変装を、一目で見破るのはほぼ不可能だ。容姿から体格まで、全てを瓜二つに変幻させる魔術を使ってから、ゼダンは負けたことがなかった。

その上、彼は腕の立つ剣豪の弟子として修業した身である。

正攻法も、搦め手も使えるゼダンには、絶対的な自信があった。

「死ねっ！」

ゼダンが斬りかかった時には、ラウラの姿は彼の目の前から消えていた。

「馬鹿な……」

背後から首筋にヒヤリと当てられた刃を感じながら、ゼダンは思わず呟いた。

皮膚がチリッと切れ、首筋に血が垂れる。

「チッ！」

咄嗟に土煙を浴びせ、ゼダンは飛び退くように距離を取る。

しかし、ラウラはゼダンを見極めるように視線を送った後に、ゆっくりと剣を鞘に収める。

（何故だ？　このまま俺が逃げていくとでも思ったのか？　こいつもまだ経験不足ということだろう。勝負がついていないのに油断から得物をしまうなど、愚の骨頂！）

ゼダンは己が知り得る中で最強の一撃を加えるべく気を練っていく。

剣豪であった師匠を殺し、奪い手に入れた技だ。

（技というのは死をもって継承される。剣術しか能のないつまらない男より、変幻魔術という技を持つ己の方が、この技を持つにふさわしい）

そう内心で呟きながら、魔力と集中が最高潮に達したタイミングで動き出す。

「死ねっ!!」

その一撃は美しい所作を以て完遂された。

完全なる脱力。完璧なる体重移動。芸術のような一撃は吸い込まれるようにラウラへ向かう。

しかし、結果は空振り。

ゼダンは自身の刃が空を切った状況に呆然とし、数秒遅れて足に力が入らないことに気が付く。

「ははは、負けたことにも気が付かないとは」

ゼダンは気を失い、そのまま体を地面に投げ出した。

その様子を見て、ラウラはゆっくりと周りを見渡す。

卓越した剣術の腕を持つ少女は、少年が迎えに来るのを待とうと、近くの小岩に腰を下ろした。

「ドーマ、はやくこないかな」

☆

「げっ」

「ググ、お前は！　魔術師ドーマ‼」

急いで洋館へ向かっている途中で、四つん這いでうずくまる怪しげな男と遭遇した。

そんな男は俺、ドーマの姿を見て、驚いたように指差している。

「何故ここに⁉　死んだのではなかったのか⁉」

「え？　説明しなきゃダメですか？」

そんな俺の言葉に答えることなく、男は「やはりお前が死ぬわけないと思っていた」と前置きしてから口を開く。

「グググ、俺の顔を忘れたとは言わせないぞ！　思い返せば六年前――」

「あ、そういうのいいんで」

こんな状況だ。思い出話に付き合っている暇はない。

横を通り抜けようとすると、突然アンデッドが湧き出し前を塞ぐ。

そして、男は言う。

「グググ、まあ待て」

「なんじゃ。ワシらは急いでいるんじゃ」

トーマスが苛立ったように言うのを見て、男は不敵に笑う。

「グググ。急ぐも何も、お前らはここで死ぬんだぞ？」

男が手を振るうと、周囲からさらにアンデッドが湧き出してくる。

中にはヘルハウンドや巨大なオークも交じっており、衛兵たちがたじろぐ。

「これが俺の力！　死せる者を操る世の理を超えた力！　どうだドーマ、思い出したか？　このビルズムという存在を！」

「ビルズム？」

その名前、どこかで……

「いや全然わからん」

誰だよ。ビルズム。死霊術のビルズム。何度記憶を辿っても思い出せない。

するとビルズムは怒気を孕んだ口調で言う。

「忘れたとは言わせないぞ。六年前、貴様は当時首席だった俺を学園から追い出したのだ。だが感謝もしている。俺を新たな境地へと旅立たせてくれたのだからな！」

六年前？　学園？　そういえば、そんなこともあった気がするが、うまく思い出せない。

学園に関する人物の中で記憶があるのなんて、ラウネとサーシャぐらいだ。

「そんなもんは知らん」

「グググ……お前はそんな奴だろうと思っていた。ならば、あの世で思い出せ！」

そうビルズムが叫ぶと、俺の目の前に巨大なゴーレムが出現する。

大きな岩石の集合体。それにもかかわらず自律できることで知られるゴーレムは、硬い体と高い魔術耐性を持ち、なかなか厄介な敵だ。

「ググ、この力があればお前に復讐できると思っていた。どうだ？　無限に湧き、無限に復活する。この死霊術には手も足も出まい」

死霊術は魔術の中でも禁術の一つだ。

それゆえ、現代ではほとんど使い手が絶滅したはずだと思っていたのだが。

ゴーレムが大きな腕を振り下ろしてくる。避けると大地は抉れ、土片が飛び散る。

「お、おい大丈夫なのか？」

不安そうなトーマスに、俺は叫ぶ。

「それよりも、周りのアンデッドにお気を付けを！」

「あ、ああ」

まあ衛兵たちでも、動きの遅いアンデッド程度ならどうにかできるだろう。

問題はこっちだ。

ゴーレムが上半身をぐわんと振り回し、質量を持った石が宙を舞う。一度当たってしまえば体は吹き飛ぶことだろう。

それだけではなく、石を避けた先にはヘルハウンドが待ち構えている。

そちらも回避し、俺は再度構える。

……キリがない。

近くにトーマスらがいるため高火力の魔術は放てないが、高火力でないとゴーレムにダメージを与えることはできないというなかなか面倒な状況である。

そうしている内に、ヘルハウンドに服の裾を引っぱられ、体のバランスを崩される。

「――しまった」

「グググ、お前の死体は有効活用してやる。安心して死ねドーマ！」

回避が間に合わない。

ゴーレムの巨腕が目の前に迫り、トーマスの悲鳴のような声が聞こえた。

ゴッッッ！

しかしゴーレムの巨腕は俺の体に当たらなかった。

ゴーレムはその腕を、俺の手前の地面に振り下ろしたのだ。

「な、何をしている……おい！　動け！　動けよ！」

ビルズムが焦ったような声を上げるが、ゴーレムはピタリとも動かない。

「なあ、いつから死霊術をお前だけが使えると思っていた？」

「ググッ、馬鹿な。馬鹿な馬鹿な！」

ピンとゴーレムに張られた魔力の糸は動転するビルズムではなく、俺へと繋がっている。

死霊術の使い方をすっかり忘れていたが、なんとか思い出せて良かった。

「そんなはずはない！　死霊術は禁術だ。お前に使えるはずが──」

「俺に使えぬ魔術はない」

俺は言い切る。もちろん嘘だが。

ビルズムは衝撃を受けたように震え、膝をガクリと落とす。

そうして周りのアンデッドの動きも止まった。

「……やはりこうなるのか！　ググググ、俺はお前が妬ましいぞドーマ。お前は全てを持っている。魔術師として、全て！　どうすればお前になれる。どうすれば一番になれる」

ビルズムは泣いていた。地面に膝をつき、天を仰ぎながら涙をこぼしていた。

ああ。思い出した。六年前の学園。首席の座を争い戦ったあの日も、彼はこうやって泣いていた。

魔術師にとって、磨き上げた魔術は己の血肉であり、自分そのものとすら言える。

そしてあの時も今も、俺はわざわざ彼の土俵で戦い、勝利してみせた。

それが最も魔術師としての格を見せつけられる手段だからだ。

しかしその手段は魔術師にとって、どんなに残酷だっただろう。

同情はする。だが人生って、そういうもんだろう？

それならせめて誠実に答えようと、俺は口を開く。

「……一番には、気付けばなっていた。答えになっていなくてすまない」

「フッ、俺の負けだドーマ。どうにでもすればいい。どうせ、明日になれば組織に殺される」

「組織？」

「グググ、巨大な組織だ。俺もゼダンも、その末端でしかない」

非情にきな臭い話ではあるが、それを知ったところで興味はない。俺の仕事じゃないからな。

だが――

「ビルズム。お前の名前は覚えておくよ」

「ググ、光栄だ」

ビルズムには魔術の才能がなかった。たったそれだけの話だが、世界は残酷だ。

だが俺だって立ち止まってはいられない。歩みを合わせる暇はない。

歩みを止めなかった者だけが、高みに登れるのだから。

だから俺にできるのは、その努力を認めてやることぐらいだ。

「……あのままでよいのか？」

トーマスが言うので、俺は首を横に振る。

「いいんですよ」

もはや抵抗する気のないビルズムを衛兵に任せて家の方へ向かう。

死霊術。奴も魔術師ならばその禁術の代償を知っているだろう。

禁術を使った魔術師は天国へは行けない。まあ天国があればの話だが。


家に着くと全て終わっていた。

ラウラは気絶した男の近くでぼーっと座っていたが、俺の姿を見ると駆け寄ってくる。

「ドーマ遅い」

「すまんすまん」

「ところで、これだれ？」

そんなことを聞いてきた。知らない人を倒しちゃいけません！

だがどうやらその男は、主犯の一人だったようだ。結果オーライ。

褒めてほしそうだったので頭を撫でると、ラウラは満足そうに頷いた。

家の周りにいたアンデッドは跡形もなく燃え、灰になっていた。何故か汗だくのサーシャと、グデッともたれかかるノコを見守るイフが庭で横になっている。

「大丈夫か？」

俺が聞くと、サーシャはわざとらしく溜息を吐いてから口を開く。

「あー疲れたー！　先生なんだから肩でも揉みなさいよ！」

「仕方ないな」

あーお加減のほうはどうですか？　弱い？　じゃあ強めますねー！　って師弟逆では⁉

疲れた様子の弟子を労りつつ話を聞くと、アンデッドをノコが操り、サーシャが必死に燃やしていたらしい。うむ。キノコって怖いな。

「……ってあれ？　クラウスは？」

そういえばと思い、棺を覗いてみると空だ。

「クラウスなら敵だった冒険者たちを連れてバストンの所へ行ったわよ。情け深いやつね」

「普通は裏切り者なんて皆殺しよ」と付け加えるようにサーシャは恐ろしいことを言う。

ともかく一網打尽作戦は終わった。

敵の首謀者は捕まり、こちらの損害はほぼなし。餌になった要人たちは憤っていたが、サーシャが帝国皇女だと知って逆にぺこぺこ頭を下げていた。そして何故かノコにも恐れ慄いている。

これにて一件落着。

俺は特に何もしていない気がして申し訳ないが、みんなの頑張りに感謝だな。

エピローグ

「以上がローデシナの報告でございます」

王都のとある地下空間。

とある女性――ローデシナに送られていた組織の間者が報告を終え、一歩下がる。

部屋の中心には円卓が置かれており、十二席ある椅子のうち三席が埋まっている。

十二使徒《じゅうにしと》――反王国主義によって結成された秘密結社の主要メンバーたる彼らはそう呼ばれ、王国を裏から支配する闇の世界の住人だと言える。

そんな十二使徒の内、第五席のゼダンと第十一席のビルズムはあえなく捕らえられ、そして第三席のナゼルでさえほうほうと逃げ帰ってきたと聞く。

まさか、大戦力を投入して一人も殺すことができない完全なる作戦失敗という結果に終わるなど、彼らにとっても予想外だった。

「ですから私は言ったのです。彼らには荷が重いと」

十二使徒の一人、蝶の仮面を付けた女性がそう言う。

彼女は、第四席のティアー。常に冷静沈着な彼女は、前々から血気盛んなゼダンとビルズムを組ませて作戦に当たらせることに異を唱えていた。

「人材の問題じゃないだろう。なんせローデシナには、あの戦技のクラウスに加え、首席魔術師ドーマに光姫のラウラまでいると聞いた。王国の大戦力がローデシナにいた事実を踏まえると、我々の情報が漏れているという可能性すら考慮するべきではないか?」

モノクルをかけた紳士風の男――第六席の夕デーはそう口にした。

それに対して全身を白いマントで覆った男――第十席のメオンはギリギリ聞こえる程度の小さい声で呟く。

「どちらにせよ、しばらく我々は身を潜めるしかあるまいな」

声が小さすぎてティアーには聞こえなかったが、彼女は場を読んで「そうですね」と適当に相槌を打った。

そうして会議が終わると、彼らはそれぞれバラバラに散っていく。

普段は商会や裏組織、軍隊に冒険者ギルドなどあらゆる組織に潜入している彼らは、一枚岩ではない。しかし反王国主義として一つの目標に向かう力を確かに持っていた。

☆

ローデシナに平穏が戻ってきた。

ならず者たちが集まっていた東地区は解体され、新たな住宅街へと生まれ変わるらしい。それを指揮するのが俺、ドーマの死体役ことクラウスだ。

「コイツらを許してやってくれ」

彼がそう言ってきた時には驚いた。

クラウスは寝返っていた元冒険者たちを連れて、各地へ頭を下げて回ったらしい。

『改心するなら』と許す人もいれば、石を投げつけた人もいる。

彼らがやってきたことはほとんど盗賊行為だ。誰もが簡単に許すほど寛容ではない。

そして彼らは、当然俺のところにもやってきた。

冒険者たちは、みな酷い顔をしていた。どうやらクラウスと拳で語り合い、ボコボコにされたらしい。そらそうなる。それでもクラウスは彼らの兄貴分。このままならず者としてしょっ引かれるのはクラウスとしては辛かったのだろう。

「今までの罪は死ぬまで償わせる。俺が責任を取る。もし何かあったら俺ごと殺してくれ」

クラウスがそこまで言うなら、どうこうしようとは流石に思わない。

冒険者たちはみな泣いていた。クラウスにそこまで言われて、何も感じないほどクズじゃないってことだ。そのうちの一人――グロッツォは複雑そうな顔をしていたが、しっかり土下座までしてくれたので男気に免じて許した。

「俺は……どうかしていた。本当にすまなかった」

そう口にしていた辺り、洗脳からは解き放たれたようだな。

クラウスの背中を追いかける彼の姿は、以前よりしっかりして見えた。

「だが、こうなることを見越して俺を棺の中に入れるとは……流石だな」

クラウスにそんなことを言われたが、もちろん成り行きである。

「ククク、計画通り！」

クラウスは俺を見直したようだ……が過大評価だけはやめてくれ。

バストンは、すっかり元気になっていた。生死を彷徨《さまよ》っていたのが不思議なぐらい、ピンピンとしている。よく眠れたのか毛並みもツヤツヤだ。

「ふむ、同胞ドーマがやってくれると思っていたよ」

なんて言う彼に、俺は復帰祝いとして魔導具を送った。治癒魔術が刻まれたシルバーリングだ。

杜撰《ずさん》な医療体制のせいでバストンに何かあっては困るからな。

近くにいればすぐ治せるが、バストンも何かと忙しかろう。

「ふむ。大切にしよう」

照れっとバストンは笑う。

……あれ？　別にそんなつもりじゃないんだけど⁉

ビルズムとゼダンは、組織に殺されることなく国の軍に引き渡されたとのこと。なんでも彼らは重要指名手配人だったらしい。情報を引き出した後、裁判にかけられるのだろう。

ビルズム――学園で首席になろうかというほどの実力だった彼ですら自らを認めてほしいという欲望のあまり、道を踏み外した。魔術を極める道と、犯罪者とは紙一重だと改めて感じる。

ちなみにトーマスの息子、トーマソンは見事に勘当され……なかった。抜け殻のようになって放心状態の息子を見てトーマスは流石に非情になり切れなかったらしい。

結局トーマソンは村長宅で療養させられているようだ。

そんな風に平穏を取り戻したローデシナでは、祭りが行われた。

俺も貴賓として誘われたが、辞退した。やはり家の方が落ち着く。

代わりに、その日の夜は家の庭でささやかなパーティーを開くことにした。

この家に住む七人だけの宴《うたげ》だ。何せニコラは祭りには行けないからな。

パーティーの準備が終わったタイミングで、俺はニコラに頭を下げる。

「色々迷惑をかけてすまなかったな、ニコラ」

「結構楽しかったのですよ！　それに、ご主人様が村の方々に認められてニコラも嬉しいのです」

ニコラ……なんて良い子なんだろうか。思わず涙ぐんでニコラの小さな体を抱きしめると、ノコが後ろで衛兵を呼んでいた。

事案じゃないよ。家族なんだから。

「う〜苦しいのです〜」

ジタバタしながらニコラは恥ずかしそうに照れていた。

そのまま高い高いしたくなったが、幼児ではないのでやめておく。節度って大事だよね。

その後俺らは庭へ移動。

俺らのパーティーの内実は、庭でのバーベキューである。

牛、豚、鶏の三種肉に加え、森で狩られた新鮮な魔物の肉や野菜、キノコが彩り豊かに並べられる。ジューシーな肉汁やスパイシーな香りが胃袋を刺激する。

そういえば牢獄にぶち込まれてからロクなものを食べていない。

一口食べると……感動した。この感動が得られるならたまには牢獄に入るのもいいかもしれないと思うほどだ。

そんな風に食欲の赴くまま食事をしている俺のもとに現れたのは、若干足取りが怪しいサーシャ。

彼女の手には紅い液体がなみなみ注がれたグラスがある。

「たまにはいいわね。こーいうのも」

「ん？　あれ？　サーシャなんでワインなんか飲んでるんだ⁉」

「別にいいりゃない。私だってもう大人なのよ」

それから酔っ払ったサーシャはナターリャに付き添われながら肉を貪《むさぼ》っていた。

ひとまず少し腹が膨れたので、俺は庭を見回す。

基本的にニコラが肉を焼き、ラウラとノコがひたすら食べる係だ。俺は切れ端要員です。仕方ないよな。

イフにそう問いかけると、どうやらニコラからデカい塊肉をもらっていたようだ。

アレ？　俺だけひもじくない？

仕方なく俺はイフをもふもふしつつ、寛ぐことに。

それから少しして、肉を食べ飽きたのかラウラが肉汁を口周りに付けてやってきた。

そのままぽふんと右隣に座り、イフの毛並みにもたれる。

「また口元に肉汁がついてるぞ」

俺が言うと、当然のように油でテカテカした口元をこちらに向けてきた。

「とって？」

「はいはい」

いつもの魔術で口元をピカピカにすると、夜の明かりにラウラの唇が艶《つや》やかに光る。

基本的に美少女なせいでなまじドキッとしてしまうんだよな。

ラウラさんはそんなこと露知らず、こちらをじーっと見つめると俺の肩に寄りかかってくる。

どうやらおねむのようだ。結構激しく戦っていたらしいしな。

仕方がないので姫様の枕と化す俺。

するると、頬をアルコールで紅く染めたサーシャが突撃してきた。うわっ、酔っ払いだ。

「ちょっとー、何いちゃいちゃしてんのよ！」

「してないが」

「してるじゃない！」

そう口にしながら、サーシャが俺の左隣にぼふんと座る。

三人にもたれられてしまったらイフは苦しくないかと思ったが、ケロッとしていた。

「この雰囲気、私は好きよ。帝国ではずっとつまらなかったもの。こうして好きな人の隣にいて、楽しく夜を過ごせる日々に憧れてた」

あまりに唐突にすごいことを言われたような気がする。

俺は一瞬フリーズして、どうにか言葉を紡ぐ。

「お、おう」

するとサーシャはくすりと笑い、こちらを見上げて、言う。

「どう？　ドキッとした？」

「百年早いわ」

俺はサーシャに好かれるようなことをした覚えがない。彼女は帝国皇女だ。勘違いは身を滅ぼす最大の強敵である。餅《もち》つけ俺。心の中で魔法陣の数を数えるのだ……

「あーあ、もうずっとここにいたいわ」

「俺が親父さんにどやされちまう」

「パパは先生に厳しいものね」

厳しい？　アレは鬼だ。人の好さそうな雰囲気を漂わせておいて、実は鬼だ。流石サーシャの父親なだけある。

「私も眠くなってきちゃったわ」

トロンとした目つきのサーシャは、そう言って肩にもたれかかってくる。

ふぁさっとかかる銀の髪の毛から香水の匂いがする。

「……重いな」

「グロゥ」

イフは同意するように小さく吠えた。

その毛並みをワシワシと撫でると、気持ちいい。何故こんなにも気持ちがいいのだろうか。

「そのもふもふはノコのです、人間さん」

「おおう」

今度はノコが、肉を頬張りながら俺の両脚の間にストンと腰掛ける。

右にラウラ。左にサーシャ。前にはノコ。後ろにイフ。四面楚歌《しめんそか》である。

「ノコもお手柄だったみたいだな」

「当たり前です。ノコは常に大手柄。私はすでに許されています」

「そうだなあ」

段々と俺も眠くなってきて、ノコの頭にあるキノコ状のカサにボスンと頭を載っける。

……って臭っ！　キノコ臭が凄いぞこれ！

一気に目が覚めた。

「ノコは高貴なるキノコの妖精。森に住み、胞子とともにある一族。でもこんな生活も悪くないです。褒めてあげます」

「ありがとう。でもノコもその一員なんだからな」

「……感謝されてあげます」

若干照れながら、ノコは呟いた。小心者だが、それもなんだか愛おしい。

遠くを見ると一通り肉を捌き切ったニコラとナターリャが残りをつまみながら、楽しそうに談笑している。メイド同士、通じるものがあるのだろう。

ニコラが時折こちらに手を振り、ナターリャが涎を垂らして寝入るサーシャを見てクスリと笑う。

平和だ。こんな時間がずっと続けばいい。

平穏というのは自分の手で掴み取らなければならないものだ。

この時間は、自力で掴んだものだからこそ価値がある。

理想のスローライフは別にどこにいたって成立する。騒がしい王都でも、その気になれば平穏に暮らせただろう。しかしローデシナに来なければ、今の時間はなかった。

この場所にいる誰とも出会うことはなかっただろう。

人生は何があるかわからない。だからこそきっと素晴らしいのだ。

これから先も面倒ごとに巻き込まれる予感しかしないが、きっとこの家のみんなとならば、乗り越えられるだろう。

ローデシナの夏の終わり。

少し暑く湿った夜に、のんびりとそんなことを思うのだった。